花生粉炸蛾

1

大家好，我是高賽，很高的高，很賽的賽，組合起來就是狗大便的意思。

不過我當然不是狗大便，我是高賽。

距離上一次跟大家說我們的故事已經有很長一段時間了，主要是因爲這段時間發生了不少事情，一時之間難以解釋。

話說從頭之前，我就不先幫大家複習一下這系列故事的角色了，畢竟我們的故事一向都是超展開，也超隨便就結束了。

從蠶寶寶說起好了。

記得國小的時候，學校很流行在抽屜裡養小動物，大家一開始都是養蠶寶寶，因爲自然課本來就要上蠶寶寶的生態史啊，而且老師每賣出一盒蠶寶寶就可以跟賣蠶寶的廠商拿錢拿回扣，眞的是超爽的。

不過蠶寶寶眞的是一種很炫的動物，軟軟的，皮膚白，還會吐絲，偷偷放在同學的座位上還會被壓成綠色的汁，很難洗，所以我們養得很起勁。

最後每個人的鉛筆盒裡都爬了超多條蠶寶寶跟黑黑的顆粒大便，不過當我們發現蠶寶寶養到最後只會結繭，變成很噁的肥蛾之後，我們就不知道該拿牠怎麼辦，只好把那些肥蛾蒐集成一大袋，開始計畫養別的東西打發時間。

「那我們到底要養什麼東西啊？」王國抓抓頭。

「反正不能再養蠶那種大家都會養的東西，大家都養就是遜！」我堅持。

「我聽說養蝴蝶做成標本可以賣去日本耶。」王國還是抓抓頭。

「我還聽說養老虎可以賣給動物園咧。」我用力巴了一下王國的頭。

「又不一定要養東西。」楊巔峰倒是一副無所謂：「少亂花錢了，是不是老大？」

哈棒老大拿著一大包塑膠袋的肥蛾，皺著眉頭不講話。

最近老大的心情很差，就連他也養了好幾條蠶，不過哈棒老大把蠶養成蛾之後也不曉得可以把蛾拿去幹嘛，我們都很擔心老師的安危。

「楊巔峰，有人在吃蛾嗎？」哈棒老大拿起塑膠袋近看，那些蛾在裡面亂飛一通。

「沒聽說耶老大。」楊巔峰聳聳肩。

「王國，你媽吃蛾嗎？」哈棒老大瞪著王國。

「沒看她吃過，我覺得我媽應該是不會吃耶。」王國有點不好意思。

「……會不會蛾其實很好吃？」哈棒老大又皺眉了。

大家馬上都不說話了，因爲第一個回話的人不管說什麼，都很可能要吃掉一隻蛾向老大報告蛾吃起來的感覺。幹是我死也不吃那種又肥又粉的怪東西。

我們走著走著，來到當時民生國小的側門。

小學生的智商低，所以側門那裡每天中午都有一大堆沒良心的攤販在騙小學生亂買東西，比如說……絕對不可能抽到什麼好東西的戳洞抽獎啦，有超沒營養的零食（一袋二十塊錢的燒酒螺啦、一根兩塊錢的果汁條、一球五塊錢用生水製造的冰淇淋），有很容易壞掉的小玩具（塑膠傘兵啦、紙飛機啦、橡皮筋機關槍啦），有粗製濫造的金屬兵器（像是金獅王、銀獅王的面具等等），還有水鴛鴦跟ＢＢ彈空氣槍等殺不了人的凶器。

當然也有很多號稱超級好養的小動物等著賣，小金魚啦，寄居蟹啦，水母啦，甲蟲啦，這種死掉的時候不會發出慘叫的動物賣得比較便宜，但是像小白鼠啦，小白兔啦，小白文鳥啦，這種死掉的時候會發出慘叫的動物，賣得就比較貴。

楊巔峰在一堆賣烏龜的攤子前蹲下，我們也跟著蹲下。

我看滿盆子都是巴西龜，一隻賣三十塊錢。

「老闆，巴西龜養大了可以幹嘛啊？」楊巔峰用手指彈了彈龜殼。

「小朋友，你爸媽養你長大可以幹嘛啊？」老闆抽著菸，感覺超隨便賣。

王國搶答：「我媽叫我長大了養她！」

老闆很不耐煩的口氣：「那你長大了會養你媽媽嗎？」

「會！」王國不知道在興奮什麼。

「所以巴西龜長大了就換巴西龜養你嘛！」老闆嗤之以鼻：「小朋友，一隻三十塊錢買不買？」

這時，哈棒老大也開口了：「巴西龜養大了可以吃嗎？」

「小朋友，你是來亂的嗎？」老闆竟敢頂老大的嘴。

「巴西龜養大了可以吃嗎？」哈棒老大一時沒有發作。

「小朋友……巴西龜一隻三十塊錢，你養大了想吃就吃，不想吃就叫牠養你。」

「巴西龜很好吃嗎？」哈棒老大拿起一隻巴西龜，仔細端詳。

那巴西龜很識貨，嚇得全身都縮進殼裡。

「小朋友，你是不是想被揍啊？」老闆火大地把菸扔在地上。

這時老大正試著用手指把龜頭拔出龜殼，王國、我跟楊巔峰卻都嚇傻了。

到底是佛心來著，楊巔峰趕緊趁老大還很專心研究龜頭時說上一句：「老闆，我老大在問你巴西龜好不好吃，到底好不好吃你就說一句，好吃就說好吃，不好吃就說不好吃。」

「巴西龜哪個部分最好吃？龜頭嗎？」哈棒老大看著那個發抖的龜頭。

「小朋友……」老闆捏著拳頭，發出吱吱作響的怪聲。

「是龜頭嗎？」哈棒老大連頭都沒有抬起來，持續捏著龜頭。

「幹你不要太小看大人啊！」老闆一聲大叫。

失去耐心的老闆一把抓著哈棒老大的領子就往旁邊的巷子裡走，看在我們的眼裡，這個舉動就跟用抽筋的手指去按核彈發射的按鈕一樣。唉，人類已經無法阻止老闆自取滅亡了，不忍心看到最後的我們都把頭撇過去。

過了一下下，不意外只有哈棒老大一個人從巷子裡走出來。

我們甚至連慘叫聲都沒聽到，眞是令人欣慰。

「老大，我猜巴西龜應該是不好吃。」楊巔峰若有所思。

「那個殼應該很難咬。」王國同樣面有難色。

「是嗎？」哈棒老大看起來有些失望。

眞高興楊巔峰跟王國這麼說，不然我們可能被迫吃掉這一整盆的巴西龜。

「那，蛾呢？」哈棒老大舉起手裡的那一大袋白粉粉的蛾。

我大吃一驚。

楊巔峰也大吃一驚。

王國則吃了一隻蛾。

是的，王國從袋子裡拿起一隻蛾扔進嘴裡，嚼了嚼，然後吐了出來。

「老大，蛾眞難吃。」王國一臉糾結，就像生吃了一隻蛾。

「應該用炸的。」楊巔峰沉著氣。

於是我們就開始賣蛾了。

2

我們賣的是炸蛾，製作方式就是把蛾丟進去油鍋裡炸一炸，一包賣二十塊錢。

畢竟我們只是小學生，要炸蛾，當然不是在校門口擺攤，而是在教室後面炸。

誰來炸？當然是值日生來炸。

在教室後面公開炸蛾，其實是哈棒老大的構想，老大他覺得食物是要吃進肚子的，製作過程公開透明特別重要，尤其是炸蛾這種新奇的新食物，一定要讓大家都看見整個過程都是很衛生、而且我們所選用的食材完全都是眞材實料、百分之百都是眞正的蛾，大家才會放心吃。

炸蛾的時候油煙滿大的，有點嗆，煙霧猛起來的時候大家都一直打噴嚏，空氣朦朧，黑板也看不太到，還可以聽見劈里啪啦的滋滋聲。

幸好老師們都可以體諒，畢竟這是哈棒老大的事業。

「炸蛾？好噁心喔。」

記得小電只咕噥了這一句，下課後我就沒看到她回到座位了。

「炸蛾？我才不會買咧。」

美華經過淡淡地抛下這一句，隔天起她的位子空了一個禮拜。

爲了宇宙平衡，大家都高高興興地掏錢出來買炸蛾。

買了，但有沒有吃我就不知道了，我自己就沒有吃。

由於大家都很捧場，我們養的蛾很快就不夠炸了，於是我們跑去跟隔壁班買蛾。

隔壁班當然也養了一大堆從蠶寶寶變成的蛾，正發愁不知道該拿那些白白胖胖又粉粉的蛾怎麼辦的時候，我們就像救世主一樣出現在他們面前，用十隻一塊錢的賤價把蛾通通買走，然後炸一炸，再想辦法賣回給他們。

老實說還蠻香的。

楊巔峰、王國跟我一起拿了好幾袋的炸蛾給隔壁班的班長。

「賣你。」楊巔峰直接切入主題。

「這是什麼？」隔壁班的班長狐疑地拿起其中一袋。

「炸蛾。」

「啊？炸蛾？」隔壁班班長像是受到驚嚇。

「就是蠶寶寶變成的蛾啊，超好吃的其實。」

「炸蛾？有沒有搞錯你們把我們賣給你們的蛾給炸了？」隔壁班班長完全無法相信：「你們是不是腦袋有問題！」

「你想想，蠶寶寶一生要吃那麼多桑葉，最後才能變成了蛾這種終極型態，爲什麼？因爲只有這種肸嘟嘟的終極型態才能完全將畢生的營養全都保存在體內，除了葉綠素，更富含維他命ＡＢＣＤＥＦＧ，平常不愛吃青菜的小朋友只要吃一隻蠶，不，吃一隻蛾，就可以抵掉一根紅蘿蔔。」楊巔峰臉不紅氣不喘地介紹：「這裡一袋大概有十隻，一袋只賣你們十塊錢，是不是很超值？」

「眞的假的？」隔壁班的班長眉頭緊皺：「炸蛾？這麼噁心的東西很營養？」

「當然是眞的啊，營養只是噱頭啦，最重要的是超好吃，我們全班每天都在吃，還吃不夠，無可奈何才跟你們班買蠶好不好。」

「你以爲我智障啊？」

「你喜歡吃鹹酥雞嗎？」

「喜歡啊。」

「鹹酥雞是生雞肉拿去炸的這個你同意吧，那你吃不吃生雞肉？」

「當然是不吃。」

「這就是盲點了同學，生雞肉幹給我十斤我也不吃啊，但炸一炸大家都愛吃得要命。至於這個蛾呢，他媽的我也是不吃生的啊，不過炸一炸就是超好吃的了。來，王國，嘴巴打開。」

王國傻傻地打開嘴巴，楊巔峰抓起一把蛾就往裡頭丟。

隔壁班班長半信半疑地看著王國把滿嘴的炸蛾都吃光光了，還一臉滿足。

「眞的有那麼好吃？」隔壁班班長難以置信。

「你可以先試吃一隻看看，包你滿意。」楊巔峰大方地將紙袋遞過去。

小學生的智商低眞是不爭的事實，隔壁班班長勉爲其難吃了一隻，沒想到他並沒有反胃吐出來，還有點訝異：「吃起來是不差，不過味道有點單調。」

「單調不是問題，我們馬上改善。」楊巔峰大爲振奮。

正好隔壁班正在開慶生同樂會，隔壁班班長就用班費買了好幾袋蛾回去給他們班吃，據說反應很不錯，我眞是嚇壞了。

為了將哈棒老大的事業越做越大，我們開始研發全新的口味，加胡椒粉、蘸番茄醬、抹醬油膏跟甜辣醬，或是淋一堆大蒜醬上去，反正只要味道又重又鹹，小學生都敢亂吃。

就這樣，炸蛾忽然在民生國小裡變成一種很時尚的食物，不管是哪個年級，所有小朋友都在吃，其中最受歡迎的口味是花生粉炸蛾，眞是有夠變態。

本來我們班上只買不吃，可是看見全校都在狂吃從我們教室後面炸出來的蛾之後，有些人也大著膽子開始吃蛾，大家一旦開始吃蛾，就停不下來狂吃，可以說炸蛾是從別的班級紅回我們自己班上的食物，到這裡我不禁佩服哈棒老大的遠見。

沒幾天我們就把全校養出來的蛾都炸光光，大家來不及養蠶變蛾，怎辦？最後我們只好跑去中山國小跟平和國小向他們買蛾來炸。

最流行的時候，我們還把最受歡迎的花生粉炸蛾賣到彰中跟彰女的園遊會上，一小袋賣三十塊錢，一大袋賣五十塊錢，還供不應求。

一時之間花生粉炸蛾風靡了彰化的大街小巷，畢竟蛾不只好吃、純天然，還有不可否認的葉綠素加持，就連家長跟老師也很愛買，跟肉圓完全有得拚，不意外有些攤販開始學我們炸蛾去賣。

不知道從什麼時候開始，還有人說吃形補形，不幸的蛾長得像睪丸，所以吃蛾可以壯陽的傳說導致最後的大撲殺，整個彰化縣的蛾通通都炸光了，搞到最後那些攤販只好用麵粉團取代蛾，照樣厚著臉皮裹著花生粉下鍋炸，幹結果也是超好吃，這就是彰化知名的小吃「炸糯米」的由來。

老實說我頭到尾一隻蛾都沒吃過，畢竟這眞是太扯了。

……炸蛾耶我的天啊。

謝佳芸的奶子

1

其實炸蛾只是這個事件的開始。

當哈棒老大沒有蛾可以炸的時候，他變得有些消沉。

這眞是矛盾，每次哈棒老大對一件事感到興致盎然，我們就等著倒楣，可每當哈棒老大意志消沉的時候，他老人家就會想練身體，同樣搞得我們很緊張。

大家都不養蠶了，蛾也就沒了，但小學生的無聊不能小覷，班上開始流行在抽屜裡養其他的小動物，當然也包括了巴西龜、寄居蟹、金龜子、蟋蟀、水母、天竺鼠等等。

像王國，王國在鉛筆盒裡面養了幾隻寄居蟹，楊巓峰在馬克杯裡面養了幾隻毛茸茸的蜘蛛，自以爲酷。我也趕流行在布丁盒裡塞一堆土，然後在裡面養一條蚯蚓，只要我想見牠，我就會用鉛筆把土挖開，把蚯蚓慢慢勾出來，用手指不停戳牠培養感情。

幾乎每個人都有養一個小動物，就連被哈棒老大揍到沒來上課一個禮拜的美華也在鬈鬈的頭髮裡養了一堆頭蝨，爲了讓頭蝨吃飽她都不洗頭，還常常用力抓頭髮讓頭皮屑飛來飛去，比較容易被頭蝨吃到，眞的很有愛心。

上課的時候，大家都很有愛心，一邊假裝聽老師講話，一邊在抽屜裡餵小動物。至於哈棒老大呢，他什麼也沒養，整天只是躺在教室後面的大牛皮按摩椅、看漫畫、吹電風扇跟打值日生，很令人擔心，我猜老大就算要養小動物，也不想跟大家養同一個等級的東西吧，不過老大那麼強，到底他要養什麼呢？

在老大想出來這個答案之前，我們暫時不用擔心。

有一天，全班最漂亮的謝佳芸帶了一個小魚缸來學校，裡面裝了幾根水草跟一條小魚，上課的時候謝佳芸就將那個魚缸擺在書桌上，好有氣質好特別，瞬間變成全班最炫的寵物主人。

「這是什麼魚啊？」王國蹲在魚缸前。

「我養的鬥魚啊，很漂亮吧！」謝佳芸喜孜孜地說。

「眞的耶，尾巴好大好漂亮耶！」王國讚歎不已。

「鬥魚啊？鬥魚應該很強吧！」我也走了過來。

「鬥魚當然很強啊，一個魚缸裡只能養一隻公鬥魚，不然兩隻公鬥魚會互相咬到死喔！」謝佳芸如數家珍地說，好像很懂。

這時一直很嫉妒謝佳芸美貌的肥婆走了過來，冷冷地拋下一句：「虛有其表。」

謝佳芸怒了：「妳說什麼！」

肥婆持續她沒品的冷笑：「我說妳的鬥魚虛有其表啊。」

還沒等謝佳芸回嘴，肥婆就撲通一聲將一隻巴西龜丟進桌上的魚缸裡。

雙手扠腰的肥婆說：「我敢打賭，現在是第三堂課，我看不到下午掃地時間，妳的鬥魚就會被巴西龜幹掉了。」

謝佳芸很不服氣：「才不會！我的鬥魚才不會輸給妳的巴西龜！」

肥婆擠著奶子說：「那妳敢跟我賭奶子嗎？」

我們這些圍觀的男生全都眼睛一亮。

謝佳芸臉色漲紅，氣得說：「賭奶子……我才沒有那麼沒水準！」

肥婆淫笑：「是不是沒有奶子跟我賭啊？妳這個飛機場哈哈哈哈！」

謝佳芸氣得鼓起胸部，聲音發抖：「誰說我沒奶子的！奶子要怎麼賭！」

肥婆立刻用粉筆在桌子上畫一條線，將自己的左邊奶子壓在線的左邊，謝佳芸不甘示弱，馬上有樣學樣，將自己的左邊奶子壓在線的右邊。

不過肥婆對謝佳芸的賭注很有意見，她說：「妳的奶子太小了，我用左邊的奶子就可以抵得過妳的兩個奶子。」

謝佳芸又怒了：「奶子就是奶子，不要那麼多廢話！」

此時王國嚴肅地舉手亂入：「謝佳芸的奶子眞的太小了。」

我也不能缺席：「謝佳芸的奶子實在是太小了，我的胸部都比她的奶子大。」

好學生林俊宏正好經過，也發表了一下他的個人意見：「比起肥婆的大而不當，我也覺得謝佳芸的胸部是有一點小，跟男生沒兩樣，只是賭胸部的話，肥婆的確是吃虧了。」

這個時候謝佳芸的男朋友楊巔峰也湊了過來：「這麼熱鬧，在幹嘛？」

我說：「肥婆跟謝佳芸要賭奶子。」

楊巔峰問清楚到底發生了什麼事後，他什麼也沒說，只是表情凝重地嘆了一口氣。眞是難得所有男生都挺肥婆不挺謝佳芸。

自知理虧的謝佳芸只好把兩個奶子都壓在桌子上，氣急敗壞地說：「到底奶子要怎麼賭！」

好死不死，這時被放進小魚缸裡的巴西龜忽然往前暴衝，瞬間就把鬥魚的頭咬了一個大洞，我們這些男生同時大叫，謝佳芸則是哇哇大哭起來。

真是遺憾，肥婆都還沒說奶子要怎麼賭，謝佳芸就提前輸了，不然我們就可以知道輸掉兩個奶子的謝佳芸會變成什麼樣子，就連楊巔峰也覺得很可惜。

魚的生命力真的很厲害，這條鬥魚被咬掉半顆腦袋，竟然還在魚缸裡亂游了兩節課才死掉，而那隻忽然暴走的巴西龜則在鬥魚翹毛之後才過去啃牠，謝佳芸就這樣一直看著巴西龜慢慢吃掉她帶來炫耀的鬥魚，哭到兩隻眼睛都腫了。

這件事還沒完。

□

隔天謝佳芸用透明塑膠袋裝了一隻紅色的魚到學校，直接將牠倒在桌上的魚缸裡，等著肥婆將她那條巴西龜放進來……看樣子今天還會有一場血腥的大戰。

大家都圍了過來。

「我這條魚，一定可以把巴西龜給幹掉！」謝佳芸氣呼呼地說。

「這條魚的下顎看起來好恐怖喔。」我仔細研究這條魚，牠的下顎超突出。

「牙齒看起來也好恐怖喔。」王國的眼睛貼在魚缸的玻璃上。

「當然恐怖啊，我這條是食人魚！」謝佳芸鄭重宣布。

「食人魚？不可能吧？」我很懷疑。

「就是亞馬遜河裡面的那種食人魚啊，一條才六十塊！」謝佳芸咬牙：「牠一定可以秒殺巴西龜。」

謝佳芸說是食人魚，我們這些圍觀的男生卻都不怎麼相信，怎麼可能聽起來很厲害的食人魚會那麼容易被謝佳芸買到？根本不合理。

好學生林俊宏從來不放棄炫耀的機會，他馬上從教室書櫃裡拿出一本百科全書，翻到凶暴生物篇，搖頭晃腦唸出：「食人魚，學名……嗯……Pygo……cen……trus，算了我唸英文你們也不知道，總之呢，食人魚主要分布在安地斯山脈以東、南美洲的中南部河流、巴西、圭亞那沿岸河流，外型具鮮綠色的背部和鮮紅色的腹部，體側有斑紋，有高度發展的聽覺，兩顎短而有力，下顎尤其突出，牙齒尖銳交錯排列，咬住獵物後……」

我翻白眼，搶過林俊宏手中的百科全書：「直接看圖片啦！」

一對照圖片，眞的是出乎意料，百科全書裡的食人魚圖片竟然跟謝佳芸帶來的食人魚一模一樣！這眞是太酷了，台灣隨隨便便路邊的水族館都有在賣食人魚，還只賣六十塊錢，眞的是一定要買回家的霸王級寵物啊！

我們一群男生嘖嘖稱奇地圍著這條傳說中的食人魚，不過那條食人魚動也不動，就只是窩在魚缸邊緣發呆，大家拚命用手指敲玻璃，在玻璃上呼氣，牠甩都不甩，果然很有王者風範。

「所以食人魚到底有多厲害啊？」王國搔搔頭。

「你眞的想知道嗎？」楊巔峰誠懇地看著王國。

「想啊。」王國感到莫名其妙。

「只有一個辦法可以知道了。」楊巔峰拿起圓規，將王國的手指刺了一個洞。

王國哇哇大叫，楊巔峰不爲所動，還是將王國的手指插進魚缸裡。

食人魚聞著血腥味，一股暴衝咬住王國的手指。

「啊啊啊啊！幹……」王國叫得超淒厲：「幹你娘好痛！」

我不懂：「是你好痛，還是你娘好痛？」

林俊宏同樣不清楚：「應該是他很痛，不過爲什麼他要幹你娘？」

我生氣了：「他是想幹他娘，不是幹我娘。」

林俊宏也不太高興：「我知道啊，我就是問他爲什麼要痛到想幹他的娘啦！」

楊巔峰也皺眉：「你們是白痴嗎？他是說他想把他的娘幹得很痛。」

「幹你娘眞的好痛好痛！牠一直咬我的手啦！」王國哇哇大叫，眞的很不勇敢。

王國一直罵髒話眞的很沒水準，我們都覺得很吵，又加上上課鐘響，爲了尊重老師我們都回到自己座位上各自養各自的小動物跟烤香腸。

食人魚沒有放棄王國的手指，意外地王國也沒有放棄他的手指，就這樣王國只好捧著謝佳芸的魚缸坐回自己的位子上，而他的手指就這樣泡在裡面上課。

老師上課沒有幾分鐘，王國就淚眼汪汪舉手。

「報告老師，我的手指被食人魚咬到了！」王國痛到連鼻涕都噴出來了。

「然後呢？」老師不懂。

「幹老師眞的很痛！」王國哭了。

「去後面罰站。」老師覺得好煩。

於是王國就哭哭啼啼捧著魚缸到教室後面罰站了。

下課的時候，擁有超大奶子的肥婆帶著一貫的冷笑出現在謝佳芸旁邊。

「怎麼樣，妳以爲食人魚就一定贏嗎？」肥婆冷笑。

「就是！」謝佳芸趾高氣揚地說。

「謝佳芸，我的手指被妳的食人魚咬住了。」王國捧著魚缸站在一旁，他的手指還是插在魚缸裡，痛到表情扭曲：「妳想想辦法啦！」

「那妳敢賭奶子嗎？」肥婆用粉筆在桌上畫一條線。

「……」謝佳芸全身發抖，不曉得是生氣還是害怕：「到底奶子要怎麼賭！」

「謝佳芸，妳的食人魚正在咬我的手指啦！」王國搖晃著他的手指，上面的食人魚一直亂晃。

「重點是妳敢賭嗎？」肥婆將左邊的奶子壓在桌上。

「有什麼不敢！」謝佳芸將兩邊的奶子都壓在桌上另一邊：「我的是食人魚耶！」

「好，如果誰輸了，誰就要把輸掉的奶子露出來，露到放學爲止。」肥婆冷笑。

謝佳芸傻眼了。

我第一個伸出手，拍拍肥婆的肩膀：「肥婆，請妳一定要贏。」

王國哭甩著被食人魚咬住的手指：「謝佳芸，妳看都是妳的食人魚啦！」

楊巔峰也拍拍肥婆的肩膀，感動不已：「其實我也沒看過，肥婆，有妳的。」

好學生林俊宏靦腆地傻笑：「肥婆，沒想到我一直小看妳了。」

圍在旁邊的所有男生都靠過來跟肥婆握手拍肩，氣氛感人。

「你們就這麼想看肥婆的胸部嗎！」謝佳芸不怒反笑，握緊拳頭說：「我的可是食人魚，只要一瞬間，我的食人魚就可以把巴西龜的龜頭咬掉！到時候你們就等著看肥婆的胸部！」

喔呵呵呵—
敢不敢！

「謝佳芸！我的手！」王國尖叫。

肥婆皺眉，從後面拿出一隻長相奇特的烏龜，脖子很長很長，比我的老二還長，重點是這隻長頸龜比昨天那隻巴西龜還要大三倍，牠一放進王國手裡的魚缸，立刻就霸佔了整個水裡空間。

「誰跟妳說我要用巴西龜的？這是長頸龜，請多多指教。」肥婆陰險地笑了。

「……」謝佳芸隱約感到不妙，趁勝負還沒揭曉前抗議：「這不算！妳……妳沒說清楚！」

這時好學生林俊宏嚴肅地發言：「等等，肥婆的確是沒有說她要用巴西龜啊？我也十分同意：「是啊，就算肥婆要丟鯊魚下去那也不犯規啊。」

王國哭著：「我的手真的好痛喔！牠到底要咬到什麼時候啊！」

楊巔峰扠腰：「不然去教室後面問老大好了。」

「投降輸一半，妳露一半奶子我就把長頸龜撈出來。」肥婆露出超賤的笑。

「不用！」謝佳芸大叫：「賭就賭！」

就這樣，那條食人魚就在魚缸的角落默默含著王國的手指，直到第七節課都沒什麼動，倒是那隻長頸龜不時游過去看看那隻食人魚到底幹嘛含著一個人的手指。

我們等得都很焦急，如果再分不出勝負不就什麼奶子都看不到?!

幸好掃地時間一到，鐘聲響起，長頸龜忽然伸長牠的龜頭，脖子以閃電的速度抽向食人魚，食人魚眞不愧是食人魚，在長頸龜發動奇襲的那一瞬間鬆開了王國的手指，閃開了長頸龜的攻擊，眞不愧是魚中霸者。

「啊啊啊啊啊啊啊啊啊！」王國看著少了一塊肉的手指大叫，手指大飆血。

不過那長頸龜可不是普通的小王八，牠縮回脖子後一迴身，馬上又藉著超長的脖子奮力甩出牠的龜頭，而食人魚也反射地張嘴就接，這一下竟然嘴巴咬嘴巴，呈現看似接吻的奇形怪狀。

「好酷喔！」我大叫。

「好像是五五波耶！」林俊宏也驚呼。

「我不是很想看肥婆的奶子啊……」楊巔峰努力祈禱。

「啊啊啊啊啊啊啊啊！」王國甩著正在狂飆血的手指慘叫，噴得大家都是。

精采啊！一魚一龜彼此互咬著對方的嘴巴，一時之間勢均力敵，魚頭猛甩，龜頭也猛動，在小小的魚缸裡激起大大的水花。

但僵局沒有持續太久，食人魚的嘴巴肯定是因爲咬了王國的手指整整六節課，導致下顎肌肉過度疲勞，沒幾下食人魚就沒力了，身體被長頸龜的龜頭甩來甩去，最後抽搐了好一大下，整個下巴就被長頸龜科科科撕下來了。

謝佳芸目光呆滯，臉色簡直比正在尖叫的王國還要慘白。

「這個世界上，還是有正義的。」我嘆氣。

雖然只剩下最後一節課，但約定還是約定，謝佳芸默默走到教室後面，默默解開制服釦子，然後整個人默默貼在牆壁上，貼得超緊，緊到雖然完全露奶卻完全看不到個屁。

我們都很傻眼，但也不得不承認這也算是說到做到的一種。

最後一節課的鐘聲響了，老師也進來了，死硬的謝佳芸就這樣黏在牆壁上直到放學，中間還隱約發出啜泣的聲音，眞的是非常不尊重老師跟想看她奶子的大家。

但關於謝佳芸跟肥婆的賭奶子之爭，暫時還無法落幕。

2

第二天早自習，謝佳芸一到學校就直接走向肥婆。

「肥婆！」謝佳芸用力拍桌，兩眼都是腫的。

「嗨，露奶王。」肥婆賤賤回嘴。

「今天再賭一次！一樣！賭奶子！」謝佳芸怒叫。

「妳還是用食人魚嗎？」肥婆瞇起眼，有點狐疑。

「對！」謝佳芸咬牙切齒，露出她不擅長的冷笑：「怎樣？敢不敢！」

「謝佳芸，妳是露奶露上癮了嗎？」

「敢！不！敢！」謝佳芸咆哮。

「敢啊，爲什麼不敢？」肥婆油油地笑。

「那好！等一下我就打電話叫我爸爸帶食人魚過來！」謝佳芸用力瞇眼。

就這樣，謝佳芸命令値日生跟她一起到學校的地下儲藏室，大費周章搬來一個大魚缸到教室後面，還來來回回從洗手台倒了好幾桶水進去，搞了整個早自習，那個大水缸終於滿了。

我們都覺得很奇怪，怎麼今天打賭的格局變得那麼大呢？升旗完唱完國歌大家回到教室，這時謝佳芸那個超疼小孩的爸爸也正好從家裡帶了食人魚給她，她得意洋洋地倒進水裡……一共倒了十隻食人魚。

好學生林俊宏推了推他的金邊眼鏡，拿著百科全書的凶暴動物篇，自顧自唸道：「爲了保護自己也爲了傷害別人，食人魚經常成群結隊出沒，習慣對獵物集體攻擊，能夠三打一絕對不單挑，可以十打一就絕對不三打一，素有魚界的無恥幫派流氓之稱。」

「哈哈哈哈哈哈哈哈哈妳沒有說可以放幾條！」謝佳芸笑得好像惡魔：「食人魚最厲害就是一起上！這次妳輸定了！準備露奶子吧妳！」

謝佳芸一直笑笑笑，笑得前俯後仰，笑到流淚，笑到披頭散髮，可見露過奶子眞的會影響一個女孩的氣質甚至降低她的智商。

全班男生臉色一黑，我們才不想看肥婆凶惡的大奶子咧！

「……各位觀眾。」肥婆面無表情地拿出一支血淋淋的生雞腿。

「現在才早上第一節課，哪來的生雞腿？」我喃喃自語。

只見肥婆將那隻生雞腿丟進大魚缸裡，那十隻食人魚像是被電到一樣，一擁而上圍毆那隻生雞腿，不到一分鐘就吃剩下骨頭，果然不愧是打群架的無恥高手。

「好恐怖喔！」王國瞪大眼睛。

「眞的滿恐怖的耶。」楊巔峰嘖嘖稱奇。

「厲害吧！」謝佳芸誇張地大笑：「哈哈哈哈哈哈！」

「眞的是滿厲害的。」肥婆又拿出一支血淋淋的大雞翅，扔進魚缸。

十隻食人魚再度圍毆那隻生雞翅，就在我們幹聲連連的大呼小叫聲中，那隻大雞翅沉在缸底的時候已無血無肉，簡直就是太驚悚。

我彷彿看見那十隻食人魚在水裡頭打嗝。

「肥婆！妳快點露奶子吧！」謝佳芸毫無氣質地大叫：「露！奶！子！」

只見肥婆提了一個水桶過來，嘩啦啦倒進大魚缸裡。

「那可不一定喔。」肥婆冷笑。

……是一條活蹦亂跳的小鱷魚。

謝佳芸差點暈倒，表情就像是……就像是……看到一條鱷魚。

「這可不是一條普通的鱷魚。」肥婆幽幽地說。

「所以牠是一條？」我舉手。

「牠是一條餓了很多天的鱷魚。」肥婆笑得咧開嘴來。

第一堂課沒上完，謝佳芸那十條食人魚就被吃光光了。

後來謝佳芸從第二堂課起就正面全裸趴在地板上，一動也不動，不上課不尿尿不講話也不吃午飯，就這樣趴到放學，真是服了她了。

不過，唉，這件事還是沒有結束啊……

鸚鵡跟禿頭老師

1

就這樣啦，教室後面的大魚缸莫名其妙養了一隻小鱷魚，後來牠又吃了兩隻巴西龜還有一隻長頸龜，還有幾個我們吃不完的便當，慢慢變成了一隻不大不小的中鱷魚。

隨著鱷魚漸漸長大，班上養小動物的風氣也越來越盛，連好學生林俊宏也忍不住帶了一隻鸚鵡來學校，那隻鸚鵡就站在林俊宏的肩膀上一起上課，整個看起來很有型。

老師在台上上課，那隻鸚鵡就馬上複述老師剛剛講的話，算是很用功的一隻鸚鵡，也是全班最認眞上課的學生，不愧是林俊宏養出來的。

有一天在上國語課，因爲老師教得很爛，我就拿布丁盒出來，用自動鉛筆把土撥開，然後慢慢將蚯蚓給挖出來看。牠長得肥肥嫩嫩的好長一條，讓我很欣慰。

忽然我感覺到教室一陣驚呼，我左邊的肩膀被重重壓下，原來是林俊宏那隻鸚鵡飛到我的肩膀上。基於禮貌我打招呼：「嗨！」但那隻鸚鵡卻低頭一啄，咬了我養的蚯蚓就飛。

「幹！」我大叫。

「幹！」鸚鵡在教室上空大叫。

「幹！」全班同學都一起大叫。

那隻鸚鵡一邊在空中亂飛，一邊罵幹，一邊吃了掛在鳥嘴旁的蚯蚓。

「幹！」我痛哭起來，舉手：「報告老師！林俊宏的鸚鵡吃了我養的蚯蚓！」

老師也不得不放下吃到一半的涼麵，嚴肅警告：「林俊宏。」

「是，老師。」林俊宏站了起來。

「請尊重一下養蚯蚓的同學好嗎？」老師皺眉。

「是的老師。」林俊宏坐下。

我一直哭，那隻還來不及被我取名字的蚯蚓就這麼死了，我都還沒實驗用美工刀把蚯蚓切成兩半，看看是不是有環節的那一邊才能繼續活下去，牠就！死了！我眞的太傷心了！

「林俊宏！我要養老鷹吃你的鸚鵡！」我怒了。

「你買得到老鷹嗎？」林俊宏淡淡地說：「不，你買得起老鷹嗎？」

沒想到事情還沒結束，林俊宏的鸚鵡吃完了蚯蚓，胃口大開，馬上又飛向美華那頭又油又臭又頭蝨超多的超級大亂髮。

「幹！」鸚鵡抓著美華的腦袋狂啄。

「啊啊啊啊啊我的頭蝨！」美華慘叫。

「啊啊啊啊啊我的頭蝨！」鸚鵡狂吃。

「走開啦！」美華用力揮打頭上的鸚鵡。

「走開啦！」鸚鵡的爪子很硬，抓得很牢，還把美華的腦袋抓出血，就是不肯停下吃頭蝨的動作，是一隻有堅持的鸚鵡。

美華的頭被鸚鵡爪子抓到飆血，她痛到在教室裡跑來跑去，把大家的桌子撞得亂七八糟的，還大吼大叫打擾大家上課，倒是那隻鸚鵡非常厲害，無論美華怎麼亂跑亂打牠，牠都努力保持平衡，一邊瞄準美華頭髮裡的頭蝨狂啄。

「林美華！」老師也不滿了，再度放下手中的涼麵：「請回到座位好嗎？」

「老師啊啊啊啊啊啊啊！」美華痛得把教室後面的垃圾桶撞倒。

「啊啊啊啊老師啊啊啊啊!」鸚鵡臨危不亂，繼續猛啄她的頭。

「林美華!回座位!」老師開始生氣了。

「老師!我的頭蝨!我養的頭蝨一直被吃!」美華在教室裡橫衝直撞。

「我養的~~頭蝨~~一直被吃!」鸚鵡吃上癮了。

「林俊宏，請尊重一下養頭蝨的同學好嗎?」老師第一個發難。

「是的老師。」林俊宏說，不過什麼也沒做。

「我的頭蝨!」美華慘叫又痛哭。

一想到養了那麼久的頭蝨正在一隻隻被吃掉，生離死別，美華哭得很傷心。

我們本來都很同情美華，但桌子椅子一直持續被撞真的很煩，還把肥婆正在吃的小火鍋給撞倒了，弄得地上湯湯水水，全班同學的忍耐極限也到了。

「老師!你要負責!」楊巔峰舉手。

「啊?我要負責?」老師有點不高興了:「鸚鵡不是我帶的，蚯蚓跟頭蝨也不是我養的，桌子也不是我撞的，火鍋也不是我吃的，我要負什麼責?」

「難道老師不用負責嗎?」我亂附和。

「對！老師要負責！」王國也大叫。

「爲什麼我要負責?」老師看起來很不爽。

這時美華亂跑亂叫正好衝過我的旁邊，我沒有多想，馬上將腳伸出去。

美華頓時一百八十度摔倒，死命抓在她頭上的鸚鵡也跟著跌到地上，全班頓時大爆笑出來，就連砸在地上的鸚鵡也跟著：「哈哈哈哈哈哈哈！」笑了起來。

忽然哈棒老大叫：「吵死了！」

我們立刻嚇得住嘴。

原來哈棒老大剛剛在睡覺，被我們哈哈大笑的聲音給吵醒，一身起床氣的老大很不爽地走到還趴在地上的美華旁邊，怒道：「妳不睡覺，別人也要睡覺啊！」一把將她丟出教室。

躺在地上的鸚鵡跟著叫道：「妳不睡覺！別人也要睡覺啊！」

哈棒老大：「你也是！」

然後鸚鵡就被當紙飛機一樣射出教室。

就在那個時候，全班的怒火都被點燃了！

2

「各位同學，這件事老師要負責！」楊巔峰舉手。

「對！都讓老師上課爽爽吃麵了，所以老師要負責！」我舉手。

「難道老師不用負責嗎！」王國也舉手。

「難道上課吃火鍋錯了嗎！老師要負責啦！」肥婆踢了一下掉在地上的火鍋。

「對啦老師要負責！」就連痛失鸚鵡的林俊宏也拍桌了。

這時全班都開始大吵起來：「老師要負責！老師要負責！老師要負責！」

「都是老師讓林美華隨便跑來跑去的啦！」

「老師都只顧著吃麵！」

「老師都不尊重想上課睡覺的同學！」

「老師的頭太禿了好醜！」

「老師太自私了都一個人吃麵！我們都只能看你吃麵！」

站在講台上的老師臉一陣青一陣白：「啊我是要怎麼負責？還有我沒有禿頭！還

有我的麵再香也沒火鍋香吧！課堂上師生之間要彼此尊重好嗎！」

「老師有禿頭！」我大叫。

「我沒禿頭！」老師反駁。

「老師明明就有禿頭！」小電大吼。

「老師！有！禿頭！」謝佳芸也加入了揭發老師的行列。

全班都開始大吼大叫：「老！師！有！禿！頭！」

老師很不高興地吼回來：「是在大聲什麼啦！」

楊巔峰走到黑板上，用粉筆寫下：「老師禿頭，贊成，反對。」

楊巔峰問：「贊成老師有禿頭的同學請舉手。」

大家都舉手了。

楊巔峰又問：「反對老師有禿頭的同學請舉手。」

只有老師氣急敗壞地舉手。

全班鼓掌通過老師有禿頭。

這時坐在牛皮椅上的哈棒老大開口了：「既然你禿頭，就罰你講一個笑話好了。」

全班鼓掌通過，興奮地說：「老師講笑話！」

禿頭老師只好清了清喉嚨，說：「從前從前，有三隻小豬……」

「不好笑！」我們全班怒吼。

「好吧，從前從前，有一個漁夫丟了一把鐵斧頭到湖裡……」

「幹不好笑啦！」我們朝老師丟課本跟各式各樣的飼料。

「不要看不起小孩子！」肥婆撿起掉在地上的火鍋丟向講台。

「唉，從前有一個媽媽，他有兩個兒子，大兒子很嫉妒小兒子整天都在吃媽媽的奶，所以他就偷偷把毒藥塗在他媽媽的奶子上，想說要把……」

「幹後來隔壁的老王死掉了啦！」楊巔峰朝老師丟橡皮擦：「不好笑！」

「不好笑啦！」全班都怒吼了，馬上把手邊的鉛筆瘋狂削尖，射向老師。

王國脫下褲子，屁股出力，看樣子是想直接在座位上拉屎。

「你幹嘛！」我嚇了一跳。

「我想朝禿頭老師身上扔大便！」王國用力到臉都紅了：「我會努力！」

「……」我簡直是啞口無言。

趁王國還沒拉出屎，禿頭老師持續努力講笑話：「見鬼了你們這些……好吧好吧，大家安靜一下！從前從前有一個光速俠，他看到裸體的神力女超人兩腿開開在陽台上做日光浴，他一時性起，就施展他的超光速衝了過去，咻！結果竟然……」

「幹不好笑啦！」我氣到把填滿泥土的布丁盒丟向禿頭老師，大吼：「我不要聽隱形俠被肛交的故事啦！」

「老師可以在課堂上講肛交的笑話嗎！不！好！笑！」楊巔峰暴怒拍桌。

「我快大出來啦！」王國的屁股劇震。

「這是性騷擾！」謝佳芸哭了。

根本就難以忍耐嘛，全班都快暴動了。

「這百分之百是性騷擾！」肥婆也崩潰大哭。

「嘔！」

在全班把營養午餐都吐出來之前，英明神武的哈棒老大怒衝上前。

「關妳屁事！」哈棒直接將肥婆連椅帶人扔出教室。

肥婆在走廊上咚咚咚三百六十度翻滾，直到撞上早就翻白眼的美華才停下。

「禿頭！快點說笑話！」哈棒老大握拳了，教室裡隨時可能會死人。

「好好好好好……」

禿頭老師也慌了：「從前從前有一個大富翁，他牽了一隻大狗……」

禿頭老師才講一句就停下來，看全班沒有人朝他丟東西，他才小心翼翼繼續講下去：「他牽了一隻大狗上街，遇到了一個牽著狼犬的人，狼犬撲向那個大狗啊，兩隻狗就打了一架，沒想到身經百戰的狼犬竟然瞬間就輸了。」

「然後呢？」王國光著屁股，張大嘴巴。

「然後又有一個牽著藏獒的人走過來，藏獒大家知道吧？就是最凶最狠的一種狗，然後藏獒就衝向富翁的大狗，沒想到瞬間就被那隻大狗給打敗！還敗得非常慘！」

「怎麼可能！」

低智商的王國一臉呆樣，大便像擠牙膏一樣慢慢擠出他的屁眼。

「最後那個養狼犬的人，跟養藏獒的人，就忍不住問那個富翁啦，請問你的狗到底是什麼品種啊？怎麼那麼厲害！」禿頭老師清了清喉嚨，愼重地說：「那個富翁就說啦，在我把牠的毛都剃光光之前，牠的名字叫——獅子！」

說完，禿頭老師就哈哈大笑起來。

但我沒有笑。

智商最高的楊巔峰沒有笑。

謝佳芸沒有笑，小電沒有笑，美雪沒有笑，最有錢的林千富沒有笑。

就連智商最低的王國也沒有笑。

全班都沒有一個人笑。

因爲我們都知道坐在教室最後面的哈棒老大，此時此刻正在想著什麼……

「獅子啊……」

眉頭深鎖，哈棒老大沉吟道：「養一隻獅子好像……好像滿屌的？」

一陣寒風吹過。

王國牙膏狀的屎，撲通一聲被吹落在座位上。

有那麼一瞬間，全班同學都想殺了禿頭老師吧。

不包機的校長

1

在台灣，怎麼可能有人養獅子當寵物？

根本不可能嘛！

但就是因爲不可能，這反而就是關鍵了。

正因爲沒有人養獅子當寵物，不合理，無邏輯，超瞎，鬼扯，所以哈棒老大身爲史上最凶殘的小學生，養一隻獅子才符合他無視宇宙邏輯的霸氣。

凡事起頭難，獅子又不可能用郵購買到，所以哈棒老大開始煩惱該從哪裡找到獅子，我們則開始煩惱教室裡多了一隻獅子，到時大家該怎麼辦？

獅子會被老大用鐵鍊鏈起來嗎？

還是哈棒老大會採取放生的方式養獅子？

不管是鏈起來養還是放生著養，獅子都要吃東西吧？吃東西吃東西吃東西……

「老大，找到獅子後，你要餵牠吃什麼啊？」楊巔峰試探性地問。

「我怎麼知道。」老大翻著百科全書，看著獅子品種的那幾頁，好像在選手錶。

「你會餵牠吃罐頭嗎？」我好奇。

「要餵牠吃罐頭，我養狗就好了，養獅子幹嘛？」老大看都沒看我一眼。

我們恍然大悟，對耶老大說得真不錯！又不是養狗，餵什麼狗屁罐頭！

認真想起來，哈棒老大是絕對不可能餵獅子吃罐頭的，那個畫面也太溫馨，跟老大的氣質格格不入嘛！養獅子，應該也有最起碼的血腥，這是常識！

有一次下課。

「我猜，獅子應該會先把教室後面水族箱裡的鱷魚給吃了。」楊巔峰吃著冰棒。

「但然後呢？」我苦惱。

「大概是林俊宏那隻白痴鸚鵡吧？」王國舉手。

「鱷魚跟鸚鵡……還有班上所有大大小小的動物都被獅子吃了以後呢？然後獅子還能吃什麼？」我感到很不安啊。

「接著應該輪到低年級的小朋友吧？」楊巔峰說得好像事不關己。

「一整個班級的小朋友，可以讓獅子吃多久啊？」王國搔搔頭。

「一年級還是二年級的？」楊巔峰沉思。

「嗯……一年級的呢？」王國呆呆地說。

「如果是一年級的話，一整個班被吃光光，應該可以撐一個月吧？二年級就可以撐一個半月沒問題。」楊巔峰不知道哪來的恐怖算式。

「二年級的小朋友比一年級的小朋友大一點五倍啊？」我不太相信。

「現在的小朋友都長很快啊。」楊巔峰沒好氣地說。

「錯！」

此時最愛吐楊巔峰槽的好學生林俊宏，推了推金邊眼鏡出現了。

「錯三小？」楊巔峰。

「大錯特錯了楊同學，你的算式太簡單了。如果老大養的獅子稍微小一點的話，恐怕你就要重新改變計算方式了。」林俊宏沉穩地反駁：「比如說，如果獅子只有六個月大的話，一個班級的一年級小朋友，至少可以讓牠吃三個月。」

「對耶，這次是你說對了。」我忍不住點頭。

楊巔峰只是冷笑，並沒有說話，好像林俊宏的反駁根本是一坨屎。

2

上課鐘響了。

我們走去問正在看獅子型錄，不，正在看獅子百科的哈棒老大。

「老大，請問你要不要從小隻的獅子開始養起？」林俊宏溫文儒雅地建議：「根據各種文獻資料記載，不管是什麼動物，從小就慢慢養，跟主人會比較有感情喔！」

「你是低能兒嗎？」哈棒老大超不屑。

「啊？」林俊宏有點傻眼。

「從小就養在都市長大的獅子，凶不起來吧！」哈棒老大超不屑。

「是這樣沒錯，但……」林俊宏看起來有些迷惘。

「要養，當然要從原始大草原裡直接抓大隻的獅子啊！」哈棒老大惡狠狠地說：「而且一定要是有實戰經驗的獅子，最好是獅王！」

「所以我們不是要偷木柵動物園的獅子嗎？」我嚇了一跳。

「動物園的獅子看起來都太弱了。」哈棒老大的語氣有點煩躁。

「要搶獅王，看樣子只能去非洲了。」楊巔峰豎起大拇指。

「我們要去非洲啦耶！」王國舉起雙手大叫好耶，整個人樂壞了。

「去非洲是滿爽的啦，不過我們有錢去非洲嗎？」我狐疑：「我們只是小學生耶，而且我連護照長什麼樣子都沒看過。」

我們或許是普通的小學生，但哈棒老大不是。

爲了配合哈棒老大想去非洲抓獅子的想法，那陣子我們天天都在想怎麼去非洲。

首先我們將賣炸蛾的錢算一算，應該只夠一個人的來回機票，我提議不夠的部分可以去跟校長要校務基金，反正校長都會從負責提供營養午餐的廠商那邊拿回扣，他自己不缺錢，正好捐一點錢給我們去非洲抓獅子。

3

校長室。

「各位同學，我們的畢業旅行最遠只到九族文化村。」校長看起來不太高興：「爲什麼校務基金要給你們去非洲抓獅子啊？」

哈棒老大去釣魚了，沒跟我們一起，所以校長連泡茶都省下了。

「我們每一年校外教學都去九族文化村，如果校長不收旅行社回扣的話，我們至少最後一次畢業旅行可以去到墾丁吧！」我據理力爭。

「不收回扣我去當校工就好啦，那我當到校長還不收回扣，當校長當假的啊？」

校長疾言厲色，每一個字都鏗鏘有力：「你知道我爲了當校長，送了多少錢給教育局的局長嗎？你知道後來我發現中山國小的校長沒有送錢還是可以當校長，我心裡有多難過！多生氣嗎！」

「你是在大聲什麼啦！」我也動氣了。

「每次都去九族文化村又怎樣！再吵我就讓你們用走路的去八卦山看大佛當畢

業旅行！少瞧不起大人了！」校長用力拍桌，口水都噴到我的臉上。

我眞是啞口無言。

「校長，我們去非洲抓獅子，應該算是台灣之光吧？」王國鼓起勇氣：「學校贊助一下台灣之光，不是也很好嗎？」

王國雖然笨，但也有聰明的時候，尤其當年他的頭蓋骨還好好地蓋在他腦袋上。

「抓獅子算什麼台灣之光？」校長眉頭抽搐了一下。

「你想想看這個新聞標題——台灣小學生勇擒猛獅，震懾非洲！」楊巔峰馬上接下去說：「這樣學校也很光榮啊，媒體也會來採訪校長，到時候校長就可以說一些很欣慰之類的屁話，是不是兩全其美！」

「你們到底懂不懂什麼叫台灣之光？」

校長忽然笑了出來，那又賊又賤的模樣像極了西門慶：「台灣之光的意思就是，等你們自己花錢去非洲，然後又眞的拚命在非洲抓到獅子，上了媒體，我再跑出來稱讚你們是台灣之光，那你們才是台灣之光啊！萬一你們去非洲被獅子吃掉，那怎麼會是台灣之光？反正台灣之光就是後來讓我沾光用的，等你們眞的變成了台灣之光，學校事後贊助你們機票錢也不遲啊！」

「那我們眞的抓到了獅子，可以包機回台灣嗎？」我握緊拳頭。

「白痴！不行啊！當然是把你們一個個拆開來坐比較省錢啊！」校長大笑。

我眞的是太生氣了，等我長大了，我一定要成爲像校長一樣欺負小孩的大人！

「不要吵了，不管我們是不是台灣之光，有一件事很清楚，那就是如果我跟哈棒老大說校長你不給錢讓我們去非洲打獅子，校長你就準備送錢給整形醫生了，這樣好嗎？」楊巔峰對校長動之以理：「反正我們用的是學校的錢。」

「可是學校的錢就是我的錢啊！」校長氣炸了，但又不可能不給哈棒老大錢。

「反正哈棒老大做什麼事都沒什麼耐性，等獅子養膩了，老大不要，最後多半就是棄養在走廊上，這樣就當作是送給學校啦！學校把獅子賣掉，不就可以把我們的機票錢賺回去？」楊巔峰畢竟還是理性，好聲好氣地跟校長分析。

哈棒老大沒什麼耐性是眞的，如果他勤勞一點，早就統治這個星球了，不過他還是每天跟我們一起上下學，偶爾還會命令林俊宏幫忙寫作業寫考卷，十分謙虛，哈棒老大只是隨便統治一下大家，不僅沒有征服世界的耐性，根本就是超懶惰，這就是眞正的強者風範啊。

「把獅子養在學校，會不會太過分了？不會養在家裡嗎？」校長質疑。

「抓獅子是學校出的錢，不養在學校，養在家裡，別人會批評是公款私用，這對學校的形象也是不太好吧？」楊巔峰很會幫校長設想。

「不是不太好，是很不好！」校長很堅定地說：「獅子是學校的資產，當然要養在學校啊！」

「既然是養在學校，那之後就要用校費來養，這也很合理。」

「無理取鬧！怎麼可能用校費來養獅子！」

「不用校費買一些羊啊、斑馬啊，還是水牛啊的給獅子吃，按照哈棒老大的個性，遭殃的一定是低年級的小朋友啊。」楊巔峰循循善誘：「幾個月下來，如果把低年級的小朋友都吃光了，先不說家長可能會抗議，校長你少收了多少參考書廠商跟營養午餐廠商的回扣，是不是很不划算？」

「怎麼可以讓獅子吃低年級的小朋友！」校長氣得滿臉通紅。

「而且低年級吃完了就換中年級，中年級吃完就輪到高年級，有時獅子會換換口味吃老師……還不一定從實習老師開始吃起喔，反正小朋友跟老師只會一直變少，以此類推，大家吃的營養午餐跟暑期輔導費跟校外教學費也會跟著變少，所以，校長你可以收的回扣也會變少喔。」

校長大怒：「爲什麼哈棒不叫獅子去街上吃路人！一定要吃學生跟我做對嗎！」

楊巔峰兩手一攤：「因爲獅子一定要養在學校裡啊。」

就這樣，校長氣到一拳用力打在桌上，瞬間把他的拳頭打到骨折，而我們也剛剛好申請到一筆飛到非洲打獅子的公費。

原本我們預計下個月天氣比較好的時候就去非洲自由行，不過計畫永遠比不上變化，棒賽永遠趕不上烙賽，班上亂養東西的風向球又給吹到了另一個地方，喔不，是另一個世界。

美華的蛔蟲

1

失去滿頭頭蝨的美華哭了好幾天，但堅強的她並沒有放棄對寵物的愛，很快她就重新振作。生性低調的她決定從最低調的寵物開始養起，也就是蟯蟲。

爲了確實在屁眼裡養出傳說中的蟯蟲，林美華首先不剪指甲，讓指甲黑黑的很有型，吃營養午餐都用手抓，而且上廁所完、吃東西前都絕不洗手，上課沒事的時候就吸她那黑黑的手指，吸得津津有味。

光是吸手指還不夠，美華每節下課都去洗手台喝生水，還常常舔掉在地上的東西，爲了發揮同學愛，我們也會忍痛把滷蛋扔在地上踩碎，然後叫美華過來舔乾淨。

過沒幾天，美華在說話課時上台演講，講題是「日行一善的重要性」。

嘰嘰歪歪講到一半，美華忽然從口袋裡拿出一張藍色的透明紙，哭了起來。

「經過我的努力，我終於在試紙上發現了蟯蟲的卵，所有一切都沒有白費了。」

美華邊說邊哭邊展示手中被白點布滿的藍色蟯蟲試紙，氣氛眞的很催淚，全班都被深深感動了，大家瘋狂鼓掌喝采，為美華的努力感到驕傲。

「美華幹得好！」我大叫。

「絕對不要吃殺蟲劑啊！」王國也大叫。

「連我也覺得超猛的啦！」楊巔峰超大力鼓掌：「我根本不知道是妳瘋了還是大家都瘋了啊美華！總之一定要堅持下去啊！別跟這個世界妥協啊！」

「這就是毅力！」導師也感到很欣慰，肯定地拍手：「敢堅持，才有價值！」

「謝謝大家！謝謝各位同學！謝謝！謝謝！」滿臉淚水的美華高舉著蟯蟲試紙，激動地喊著：「其實我只是……我只是想做自己啊！」

這氣氛讓我也好想跟著哭啊，我還真聽見了附近面紙不斷被抽出來的聲音，真看不出來大家平常都只會打打鬧鬧瞎扯瞎笑，就像一盤散沙，可一旦面對同學的執著與努力，大家還是會因此團結在一起。這就是友情！

「啊！」

這時正在練習吹笛子的謝佳芸忽然尖叫起來，幾個女生也跟著大叫。

起初我不懂那些女生在叫什麼鬼，等我順著她們的視線看向講台上的美華，我

2

原來有一條白色的、軟軟的、長長的東西，像蟲一樣，從正又哭又笑的美華的鼻孔鑽出來！

而渾然不覺的美華還以爲自己哭出了一條長鼻涕，隨手掐鼻一擤，劈里啪啦就擤出了那條肥肥長長的白蟲，美華手一甩，白蟲甩下講台，黏在小電的臉上。

「啊啊啊啊啊啊！」小電慘叫，將臉上黏答答的白蟲撕開，丟向謝佳芸。

謝佳芸的笛子在臉前一捲，不偏不倚將白蟲捲住。

「幹嘛丟給我啊啊啊啊啊啊啊！」謝佳芸嚇得將整支高音笛往前一射。

「那妳丟給我？虧妳還是我的女人！」楊巔峰一驚，閃電般抓住射來的笛子。

白蟲被反作用力給震了出去，恰恰好飛過好學生林俊宏的鼻尖前。

林俊宏瞇起細細的眼睛，讚歎：「哇，這絕對是蛔蟲啊！」

在全班同學的注視下，蛔蟲又長又肥在半空中翻了兩個滾。

「原來是蛔蟲！」我大叫，超怕別人不知道我認得那是蛔蟲。

表演體操的蛔蟲就這樣射進我的嘴巴裡。

那一瞬間黏答答的觸感，讓我有一種在吃痰的錯覺，只是這口痰比較長，也比較黏，還會動來動去，弄得我喉嚨癢癢的，我好像嗆到了，可是我用力咳嗽卻一直咳不出來，想必是蛔蟲即時鉤住了我的喉嚨。

我一時之間不知道該怎麼辦，只好暫時傻笑。

這時林俊宏站了起來，用咄咄逼人的語氣對呆站在講台上的美華說：「林美華，妳一直假裝很低調，其實妳根本就是想炫耀對不對！」

林美華呆住了，一條新的蛔蟲從她的左邊鼻孔鑽出，爬向眼睛的位置，看起來眞的是超囂張的。

「對！妳根本就不低調！」謝佳芸激動大叫，好像吃到蛔蟲的是她不是我：「妳養的明明就不是低調的蟯蟲！是超高調的蛔蟲！」

「我也被騙了！我一直以爲林美華養的是蟯蟲，原來她養的是蛔蟲！」小電明明是美華的好朋友，卻急著劃清界線：「騙子！林美華是騙子！」

全班同學不甘被騙的抗議聲此起彼落。

「高調鬼！」

「假蟯蟲！眞蛔蟲！」

「林美華騙子！」

「把蛔蟲養在鼻子裡！眞的很不要臉！」

「她騙大家丟東西到地上給她吃！她利用大家的友情！」

「對！林美華騙大家幫她養蛔蟲！所以這些蛔蟲大家都有份！」

「我提議召開緊急班會！總務股長用班費買蛔蟲藥逼林美華吃！」

「林美華是超級大騙子！」

「難道老師不用負責嗎！」楊巔峰大叫：「老師！負責！」

「我要負什麼責！」導師也嚇了一大跳，臉色很難看。

「不！不是的！我眞的只是想養蟯蟲而已！」美華在台上焦急地爲自己辯解：

「我根本不知道自己也不小心養了蛔蟲啊！」她一邊哭著辯解，一邊有蛔蟲又從她的右邊鼻孔跟嘴角跑出來，蛔蟲在她的臉上爬來爬去，感覺像是一種超能力。

「爲什麼蛔蟲不是從妳的屁眼鑽出來，要從鼻孔咧！」好學生林俊宏也生氣了：

「原來大家都被妳利用了，從頭到尾，這都是妳個人的蛔蟲秀！」

大家都在罵林美華，我則小心翼翼地將黏在我喉嚨裡的那隻蛔蟲拉出來。

我的確想過自己也偷偷養一下蛔蟲，其實這也很簡單，只要我把這隻蛔蟲順勢吞下去就可以了，不過看大家這麼討厭林美華養蛔蟲這一點，我就不太想跟著養，免得太炫耀被大家討厭。

當我把蛔蟲慢慢拉出來的時候，只剩下牠的嘴巴還鉤著我的喉嚨深處。

我叫王國幫我拉，王國看起來很興奮。

「會不會很痛啊？」王國用手指掐著蛔蟲的屁股，一臉躍躍欲試。

「一鼓作氣拉出來就對了。」我張大嘴巴含糊地說。

「拉出來以後呢？我可以養在鉛筆盒裡面嗎？」王國用哀求的眼神。

「……拿去後面給鱷魚吃好了。」我皺眉。

王國用力一扯，我的喉嚨一收縮，蛔蟲立刻給拔了出來。

可是王國那笨蛋用力過猛，蛔蟲一脫離他的手，又飛向了楊巔峰。

長期在哈棒老大身邊卻總能全身而退的楊巔峰，不愧是閃躲任何凶事的高手，他本能地拿起桌上的墊板用力一搧，那條蛔蟲馬上就給拍到了肥婆面前，眼看就要黏在肥婆的臉上。

「嘿嘿，沒那麼容易。」剛剛一直置身事外的肥婆獰笑。

那條蛔蟲竟然在飛到距離肥婆那張醜臉的一公分前，硬生生停住，那隻蛔蟲肯定在半空中停滯了一秒鐘的時間，然後離奇地反彈向前，摔進坐在肥婆前面的賴小雯的衣領後，賴小雯一聲怪叫跌倒在地板上，雙手死命地往衣服裡亂撈。

我們則是摸不著頭緒地看著肥婆。

「到底……」王國張大嘴。

「剛剛……」楊巔峰張大嘴。

「是怎麼回事？」我張大嘴，一道鮮血噴出。

肥婆哈哈大笑，從抽屜裡拿出一個黑色的小甕子，重重放在桌上。

「各位觀眾！」肥婆用力咬住自己的右手中指。

指尖破出一條血箭，咻咻咻射在黑甕上面。

一陣莫名其妙的陰風在大家的腳底下吹過，教室裡的燈光頓時忽明忽滅。

「最低調的根本不是養蟯蟲，而是……」

肥婆的臉上泛起一陣詭異的青光。

「養小鬼啊！」

養小鬼

1

那幾天原本都是好熱的大晴天。

我是說，原本。

自從肥婆在抽屜裡低調地養小鬼後，常常有一股陰風在大家的腳下颳過來吹過去，好像電風扇一樣，非常好玩，所以我們都跑去問肥婆小鬼到底要怎麼養。

「養小鬼的第一步，當然就是先找到一個小鬼啊。」肥婆被大家圍著，得意洋洋。

「對耶，所以該怎麼找到小鬼啊？」王國天真無邪地問。

「問你媽啊！」楊巔峰用力一拍王國的後腦勺。

「其實鬼到處都是，而且大部分的鬼都是到處跑來跑去，沒有人養，所以你要養小鬼，當然超級不難的啊！」肥婆的解釋等於沒有解釋。

這時好學生林俊宏又推著他的眼鏡，文質彬彬地亂入了。

「沒錯，就好比地球上現在有六十億人口，總有一天都會死光光，如果靈魂不滅的理論成立的話，到那一天至少會有六十億隻鬼，就算有一半的鬼都跑去投胎，還有三十億隻鬼需要被關懷，而且這個數量還會一直變多，所以養小鬼在機率上其實是很合理的。」林俊宏滔滔不絕地說著沒人感興趣的廢話。

「反正就妳正在養的這一隻好了，妳是怎麼抓到的啊？」我直接問了。

肥婆說，她抽屜裡這一隻小鬼其實是她的鄰居，一個因爲忘記呼吸而過世的九十五歲老奶奶。老奶奶頭七那天晚上，有陰陽眼的肥婆跑去靈堂前興沖沖打開甕子，一看到老奶奶的靈魂回家探望子孫，就趁機用自己的血把老奶奶騙進甕子，從那天晚上開始老奶奶每天都吃肥婆的血。

「所以所謂的小鬼並不是眞的小鬼，妳養的是一個老鬼？嘖嘖。」楊巔峰點頭。

「對啊，反正就先養一個試試看。」肥婆用指甲吱吱吱地刮著甕子。

「不過妳養老奶奶的鬼是要幹嘛啊？」我好奇。

「她會幫妳寫作業嗎？」王國也搶著問。

「這題我幫妳回答。」楊巔峰翻白眼：「王國，你智商那麼低，死了也是一個智商低的鬼，所以老奶奶沒辦法幫肥婆寫功課好嗎！」

「那老奶奶的鬼會幫妳做什麼啊？」王國抓抓頭。

「至少考試的時候可以幫妳偷看一下隔壁的答案吧？」我也抓抓頭。

「老奶奶有老花眼。」肥婆皺眉，好醜。

「體育課考跑步老奶奶可以揹著妳跑嗎？」王國不放棄。

「老奶奶連走路都很慢。」肥婆又皺眉，超級醜。

「老奶奶好遜。」我做結論。

「你養魚，魚可以幫你做什麼？你養寄居蟹，寄居蟹可以幫你做什麼？你養蟯蟲，蟯蟲可以幫你做什麼？幫你削鉛筆嗎？幫你上廁所嗎？大家都是養來打發時間的啊。」肥婆咄咄逼人，一臉欠揍樣：「如果你們去了非洲，哈棒老大真的打回一頭獅子，獅子可以幫哈棒老大做什麼啊？」

「嗯……」我們陷入沉思。

獅子可以做到的事，哈棒老大都可以做到。

但哈棒老大可以做到的事，獅子不一定做得到。

獅子也不能幫哈棒老大寫功課，也不會幫老大洗澡，獅子雖然可以吃低年級的小朋友，但低年級的小朋友惹到老大一樣會死，就這一點來說獅子也沒什麼了不起。況且獅子雖然會吃老師，但老師看到哈棒老大可是要鞠躬問好，這部分獅子根本就遜掉。

頂多哈棒老大就是騎獅子上下學，但既然要騎東西，還不如騎校長吧。

「就算是養獅子，不過就是養爽的！」肥婆用傲慢的語氣做出結論：「不過就是老大證明他是一個可以養獅子的超級小學生。總之老大的身邊有你們這些下賤的奴才、僕人、走狗就夠了，要獅子做什麼啊！」

肥婆說的很對，雖然我們的確是老大的奴才跟僕人跟走狗，也的確非常下賤，但我們還是打了肥婆一頓出氣，反正老奶奶的爛鬼魂也阻止不了我們，不打白不打。

2

天氣越來越熱，熱到連吊在天花板上的電風扇吹出來的都是熱氣，讓人想死。

當時那個年代的小學哪來的經費裝冷氣，我們只好把校長室的電冰箱搬到教室後面來用。每到下課時間，大家就輪流打開冰箱的門，享受一下從冰箱吹出來的短暫冷氣的滋味，你吹一下，我吹一下，眞的是涼風徐徐好不宜人。

當然，冰箱被我們這麼惡搞，很快就壞了，所以哈棒老大就叫校長扛回去，修好再通知我們去搬。

在這個禮拜五班會的臨時動議的時候，滿身大汗的林俊宏舉手了。

「各位同學，爲了節能省電，我們不如全班一起養小鬼吧。」

全班鼓掌通過。

於是大家都從家裡拿了各式各樣的瓶瓶罐罐，準備好一起養鬼。

基本上大家都同意墳場是最多鬼的地方，不過我們沒人想去墳場，而鬼第二多的地方很可能是醫院，不過醫院感覺也滿恐怖的，只有肥婆敢去，所以大家每個人交一百塊錢當作是班費特別費，統一請肥婆到醫院去幫大家蒐集一下願意被包養的鬼。

拿了特別費，肥婆去了彰化大大小小的醫院，只花了三天就把大家的瓶瓶罐罐給裝滿。雖然肥婆有陰陽眼，不過她沒有在瓶罐上面寫下這個鬼的基本資料，比如男的還是女的啦，胖的瘦的啦，高的矮的啦，幾歲掛掉啦等等之類的東西，肥婆說，養鬼本來就很神祕，她要讓大家保持一點未知的恐懼，養起來會特別有感覺。

小朋友哪來的未知的恐懼，從肥婆那裡領回了自己的瓶瓶罐罐，大家卻好像拿到了健達出奇蛋，不曉得自己養的鬼到底是什麼來頭，大家都覺得非常興奮。

「肥婆，妳到底是用什麼方法一口氣抓到這麼多鬼啊？」我很好奇。

「嘿嘿嘿……」肥婆怪笑著：「這都是因爲……」

她的笑比鬼還恐怖，所以我們馬上解散沒人想聽。

我們全班有五十個人，一口氣養了四十九隻鬼，教室的溫度馬上從逼死人的三十一度降成二十二度，冷風颼颼，有時老師上課上到一半還會打噴嚏呢，比較嬌弱的謝佳芸甚至還圍了圍巾來學校，眞的是有夠誇張。

不只是冷氣超強，電燈管也常常發出忽明忽滅的特殊效果，有時桌子會自己移動，垃圾桶會自己跌倒，偶爾窗戶玻璃會忽然碎掉，養鬼眞的是多采多姿。

養鬼當然要餵血，不過說眞的，這年代到底還有誰會咬破自己的手指去滴血呢？當然要用美工刀啦，每到下課時間就看到大家用美工刀在割手指，還有人嫌美工刀割出的傷口太長，於是改良用圓規去刺手，傷口小卻深，可以擠出的血量也不少。

班會時間好學生林俊宏又舉手了：「雖然餵血是養鬼的基本義務，不過大家每天割手指，會讓寫作業寫考卷不太方便，我提議，從今以後每天都由值日生負責割手指，由值日生統一餵血怎麼樣？」

大家鼓掌通過，然後教室的玻璃一起震碎，全班不禁哈哈大笑。

從此就由值日生負責割自己的手指，每一節下課的時候，大家就把瓶瓶罐罐擺在桌上，讓手指飆血的值日生一邊走，一邊將血滴在上面。

老實說不當值日生的時候都覺得這個制度太棒了，等我自己當值日生那天才覺得很幹，因爲每節下課都要一鼓作氣餵四十九隻鬼，手指都擠到超痛，偶爾還要臨時補刀。

我計算過平均每一節課都會用掉一隻手指，一整天下來，十隻手指都擠到變紫色了，還乾乾的，上廁所的時候連握一下老二都會發抖。

這樣下去，眞的應該考慮在當值日生那天請病假啊……

3

輪到楊巔峰當值日生那一天，楊巔峰在早自修的時候臨時發動緊急班會。

「緊急班會？以前沒有過緊急班會這種事啊？」大家議論紛紛。

「因爲以前沒有過緊急事故，所以當然不會有緊急班會這種事啊。」楊巔峰解釋。

「對耶！」大家一致表示贊同。

「首先，我要先感謝大家，爲了在大熱天還保有學習的品質，前些日子大家齊心合力養了很多小鬼，讓教室裡充滿了怡人的徐徐陰風，謝謝，謝謝大家。」

全班鼓掌，陰風徐徐。

「不過這陣子我觀察到當值日生的同學，到了放學的時候，一天下來十隻手指都擠得又乾又癟，讓我感到十分痛心。這點相信每一個當過值日生的同學都可以感同身受，辛苦了，辛苦了每一個當過值日生的同學。」

全班鼓掌，陰氣逼人。

「在我們永遠敬愛的班長哈棒老大的領導下，我們選出了學藝股長、風紀股長、衛生股長、體育股長，以及總務股長，都是為班上盡心盡力服務的優秀同學，替大家解決了不少問題。讓我們一起為哈棒老大，以及這些幹部同學鼓掌好嗎！」

全班鼓掌，溫度瞬間陡降三度。

「而現在，為了因應養小鬼而產生的全新餵血問題，我提議，大家一起選出一個新幹部，也就是萬年值日生。萬年值日生，顧名思義……就是萬年值日生，由他負責每天餵血給所有的鬼，直到畢業為止，這樣其他同學就可以專心上課，努力用功讀書，在將來成為國家社會的中流砥柱，不知道大家覺得這個提議怎麼樣？」

這時全班面面相覷，不知道該怎麼回應楊巔峰的臨時提議，不，是根本就不知道奸詐的楊巔峰腦袋裡裝了什麼詭計，要大費周章地花那麼多廢話來鋪陳。

「反正你今天是值日生！你先當完再說啦！」小電在底下嗆聲。

「不急！不急！服務同學這種事我當然是樂意去做的，不過我對萬年值日生有兩個建議人選，大家不妨先聽聽我的提案好嗎！」楊巔峰從容不迫地說道：「首先呢，大家不妨回憶一下，原本每個人下課都在割手指餵自己的小鬼，餵得好好的，到底是誰提出由值日生統一餵血，害得每個輪到當值日生的同學產生十指疼痛、頭暈貧血、上廁所扶不起老二的問題呢？」

大家看向林俊宏，林俊宏咬牙切齒地看著楊巔峰。

「是的，就是林俊宏同學。」楊巔峰微抓著講台兩端，微笑：「在萬年值日生這個職務上我第一個想提名的，就是這個制度的始作俑者，林俊宏同學。」

「你說什麼！你根本就是衝著我來的！」林俊宏站起來，指著楊巔峰大罵。

「林俊宏同學請不要誤會，表面上萬年值日生是一個屎缺，實際上是一個無比榮耀的職位，我是因爲尊敬你才提名你的。因爲，我考慮到既然以後都要由一個人統一餵血，那個人的血就必須是高品質的超級好血，鬼才會高高興興地被我們養來當冷氣。各位同學應該同意吧？」

「同意！」大家點頭。

「那請問各位同學，王國同學可以擁有這份榮耀嗎？」楊巔峰看向王國。

王國欣喜不已，居然舉手歡呼。

「怎麼可以用智障的血餵鬼！鬼會變笨！」我第一個反對。

「對！白痴的血不能用！」大家齊聲反對。

「又請問各位同學，在身體裡飼養蛔蟲的林美華同學呢？」楊巔峰微笑。

「太高調了！」王國將剛剛的憤怒暴發出來。

「虛偽！」就連美華的好友小電也生氣了。

「否決！」所有人都拍桌了。

美華又大哭了：「我想養的眞的是蟯蟲啊！」

哭個屁，反對的聲音此起彼落。

「繼續請問各位同學，肥婆那油膩膩的血適合拿來餵鬼嗎？」楊巔峰嘆氣。

「噁心！」

「幹我要吐了！」

「髒！」

「D-I-R-T-Y-DIRTY-」

「鬼又不是豬！」

大家瘋狂反對，同時還颳起好大一陣陰風，氣得肥婆全身肥肉都在顫抖。

「所以了，我相信全班只有一個人的血，品質比起林俊宏同學的血也不遑多讓，因此我第二個要提名擔任萬年值日生職位的人就是——」楊巔峰高深莫測地一笑：「哈棒老大！」

全班同學都嚇瘋了。

要……要……要哈棒老大擔任萬年值日生？

好幾個瓶瓶罐罐在那一瞬間都震出了裂縫。

不知道楊巔峰是哪來的瘋狂念頭，彷彿嫌自己活太久了地繼續說下去。

「哈棒老大的血，富含了魅力、暴力、權力，以及舉世無雙的霸氣，跟林俊宏同學可說是一文一武，各有千秋，用他們的血來餵鬼，鬼一定長得非常乖順又聰明。林俊宏同學，哈棒老大親自出馬跟你一起角逐萬年值日生這個職位，你還覺得這是一個屌缺嗎？」

林俊宏表情極為呆滯，好像在半夜看到冰山的鐵達尼號水手，根本無法反應。

此時全班同學都沒有人敢回頭看一下坐在教室最後面牛皮沙發上的哈棒老大，現在到底是什麼樣的表情，只覺得一個弄不好，等一下大家都別想活著去升旗。

「既然林俊宏同學也不反對，那麼我們就來投票吧。」楊巔峰面目猙獰地笑了：「贊成由哈棒老大擔任萬年值日生，每節下課都割手指滴血餵大家一起養的鬼，割到十根手指頭連鉛筆都拿不起來，割到每天心情都超火大的同學，請舉手？」

別說沒有人敢舉手，大家害怕到連屁眼都開始抽筋了。

「那，贊成由林俊宏同學擔任萬年……」

楊巔峰還沒講完，全班同學都將雙手舉得高高，還有人站到桌子上舉手，就連目光呆滯的林俊宏也虛弱地舉起他的手，搖搖晃晃地好像隨時都會昏過去。

此時陰風大作，吹得所有人都狂打噴嚏。

「那我們一起鼓掌通過！」楊巔峰用力拍手。

全班掌聲如雷，不禁佩服楊巔峰把這個超級屎缺扔給林俊宏的嘴砲功夫。

就這樣了。

從那天起，林俊宏每天都過得毫無血色的人生。

每節下課兩眼無神的林俊宏都在割手指，割一割，滴一滴，滴到沒血了，就去跑走廊幾趟讓血管恢復彈性，再回教室繼續擠，擠，擠擠擠擠擠，像擠牙膏一樣擠血。

偶爾林俊宏在跑走廊的時候被陰風吹倒了，把鼻子跌出血來，林俊宏就會趕緊跑回教室，用他不斷噴出的鼻血餵小鬼，好像在表演特技，眞是好玩。

爲了表達我們對林俊宏最低程度的同情，我們同意用班費購買一箱七七乳加巧克力跟一大箱王子麵，讓林俊宏隨時隨地補充熱量，維持他不幸的生命，要不然林俊宏萬一血流太多死掉了，我們還得推選另一個同學擔任萬年值日生，除了哈棒老大之外大家都有危險當選，豈不是很不妙。

林俊宏一定不能死啊！

碟仙

1

之前提過了，爲了節能省電吹冷氣，我們全班五十個小朋友，卻養了四十九隻鬼。

唯一沒有養到鬼的就是哈棒老大了。

自從大家開始養鬼的那天起，哈棒老大就沒有再提過要去非洲打獅子的事，老實說，私底下大家都覺得養鬼比養獅子還酷炫，強者如哈棒老大多半也感覺到了這一點吧。

果不其然，哈棒老大終於開口了。

「我要養最凶暴的鬼。」哈棒他老人家鄭重宣布。

「老大當然要養最猛的鬼啊！」我只能這麼含淚附和。

但到底要去哪裡找最猛的鬼呢？

中午吃飯的時候，我們一邊吃營養午餐一邊討論。

「要抓最凶的鬼，就一定要去煞氣最重的地方。」肥婆毫無猶豫地說。

「有道理，不過哪裡才是煞氣最重的地方呢？」我不懂。

「這我就不知道了，大概是監獄之類的地方吧？」肥婆亂猜。

「刑場也很可怕，煞氣應該是直沖天際吧！」楊巔峰推測。

「我去問一下我媽好了。」王國自言自語。

喔喔喔說到王國他媽，那可不是一個簡單人物。

以前我粗略提過王國他媽是個什麼樣的狠角色，她恐怖的程度就連哈棒老大也得敬她三分，在人的世界裡，哈棒老大絕對是無敵，而在非人的世界裡，王國他媽同樣吃得很開。

還記得在小學五年級的時候，有一次我去王國家玩他媽媽的奶罩，玩到一半的時候突然聞到一股刺鼻的藥水味，接著就看到一個裝了一具嬰屍的玻璃罐，我當場嚇到噴尿，王國跟我解釋那個嬰屍是他早產死掉的妹妹，當時他還語重心長地解釋，他媽說這種處理對她妹妹比較好……比較好個屁我還是要說。

2

第二天，王國一到學校就很興奮地宣布，他媽媽已經用不可思議的方法感應出來了，在整個彰化市裡煞氣最重的地方，正好就是民生國小。

更精確來說，就在民生國小的六年四班教室，幹也就是我們現在的班級。

「有見地，總有一天我一定要去拜見你媽！」肥婆猛點頭。

「當然了……我們在這裡養了四十九隻鬼，這裡煞氣肯定最重了。」我說。

「不，煞氣最重的原因，恐怕還是我們家老大啊！」楊巔峰嘆氣。

沒錯，哈棒老大的煞氣可是天下無雙，有時候我會想，如果不是因爲哈棒老大坐鎮在教室後面，恐怕我們養的四十九隻小鬼早就把教室變成冷凍庫了。

「知道煞氣最重的地方，然後呢？」我問肥婆。

「然後就想辦法把最凶的鬼召喚出來，接著再抓住他硬養！」肥婆冷笑。

所謂的召喚鬼之術，就是大家都聽過的碟仙遊戲，肥婆建議等放學後天黑了，全校小朋友都回家了，如此一來陽光跟人氣全乾了，那時再開始玩碟仙，這樣比較有機會召喚到眞正可怕的鬼。

終於等到放學。

大家叫了一個大熱狗比薩亂吃一通後，第一件事就是將燈關掉，把窗簾拉上。

我們將四張小桌子併成一張大桌子，接下來的事都讓肥婆張羅。

肥婆將一張密密麻麻寫滿字的大紙鋪在桌子上，那張字紙薄薄的，最底下還畫了大大的八卦，好像是專門拿來玩碟仙的，煞有其事。

肥婆多搬來一張椅子，上面放了一隻有點破破爛爛的小熊布娃娃。

「那隻小熊布娃娃是幹嘛的啊？」我很好奇。

「如果玩到最後出事了，我會請碟仙把他的怨氣發洩在小熊身上，當我們的替身，這樣我們就可以平安無事了。」肥婆有點自傲地解釋：「身為一個專業的靈異人士，一定要想好安全的退路啊。」

肥婆接著點了一炷很粗的香，將香插在我原本拿來養蚯蚓的布丁盒裡。

除了香，肥婆還點了五支白色的蠟燭，小心翼翼用蠟黏在桌子上列成一排。

最後當然拿出一只純白色的瓷碟，將瓷碟放在桌子正中央。

碟仙嘛，大家都是第一次玩，每個人都顯得很興奮，摩拳擦掌的。

「有點高興耶怎麼辦！」王國笑得很燦爛：「眞的好酷喔。」

「請多多指教。」謝佳芸雖然也在笑，但表情有點緊張。

「我才要請大家多多指教呢。」楊巓峰微笑。

明明是主角的哈棒老大則是在教室後面蹺著二郎腿看漫畫，一副事不關己。

我有點不安：「趁還沒開始，肥婆，玩碟仙有什麼需要注意的地方啊？」

肥婆清了清喉嚨，說：「玩碟仙一定要注意的是，請大家保持尊敬的態度。」

當謝佳芸猛點頭的時候，哈棒老大不屑地朝地上吐了一口痰。

楊巓峰跟著冷笑：「尊敬是什麼東西，能吃嗎？」

我也不懂：「我只尊敬哈棒老大耶。」

王國也皺眉了：「爲什麼不是碟仙尊敬我呢？」

無奈的肥婆只好接著講解第二個規則：「第二，千萬不要問碟仙關於利益的事，比如說哪一支股票會漲，六合彩的頭獎號碼，下個月石油會漲到多少錢，這些都不能問。」

哈棒老大又朝地上吐一口痰。

老大今天的痰眞多。

「這些都不能問，難道問我的內褲是什麼顏色的？」謝佳芸搶先說。

「哈哈哈哈因爲碟仙也不知道，問了碟仙會覺得丟臉啊！」楊巔峰哈哈大笑。

「碟仙最爛了！」我舉手大叫。

「最爛了！」王國舉雙手大叫。

肥婆不理會我們，繼續說明：「第三，不要向碟仙索取任何好處。」

這不需要等哈棒老大吐痰，我都想吐痰了。

「那還玩碟仙做什麼啊！」我踢椅子。

「難道跟碟仙玩大老二嗎？」楊巔峰嗤之以鼻。

「他不給我們好處，難道是我們給他好處嗎？這樣幹嘛玩啊！」謝佳芸很悲憤。

「碟仙好爛！」王國大叫。

「規則又不是我訂的，我也沒辦法啊！」肥婆有點生氣了：「到底還要不要玩！」

「要！」我們異口同聲。

「最重要的是，絕對不要問碟仙的私人身分。」肥婆很嚴肅地瞪著我們：「比如問他是男是女，家住哪裡，什麼名字都不能問，而最不能問的就是碟仙是怎麼死的，這點是最大的禁忌！」

「問了會怎樣？」我感到頭皮發麻。

「會很恐怖。」肥婆的語氣很嚴厲。

「但不恐怖的話就不好玩了啊。」王國有點失望地說：「我媽媽說，玩碟仙最重要的是越恐怖越好，如果可以玩到有人死掉的話那就最好了耶！」

「哇靠，你媽到底是有什麼毛病啊？」楊巔峰瞪著王國。

「眞的啊，有時候我媽媽想殺人，但不想被警察抓去關，所以就跟那個人玩碟仙玩到他隔天出車禍或自己跳樓死掉，眞的超方便耶！」

「高招，這肯定是眞正的完全犯罪。」楊巔峰嘖嘖不已。

「反正不能問！」肥婆大叫。

「等等，這不對吧？如果我們不問他當初是怎麼死的，要怎麼知道跑來應徵碟仙的是不是眞的很凶猛啊？」楊巔峰搖搖頭，表示反對：「老大要養超凶猛的鬼，當然跟這個鬼當初的死法很有關係吧！」

「身爲一個靈異人士，我當然有辦法知道那個鬼有多凶啊！」肥婆眞的被我們氣到了，講話的聲音越來越大：「我準備了這五支白蠟燭，就是爲了感應這個鬼有多凶猛，不僅靈異，還很科學！」

「用蠟燭啊？用蠟燭怎麼感應？」我追根究柢。

「聽好了你這個智障，鬼氣就等於陰氣，陰氣就等於陰風，這點白白吹了好幾天冷氣的大家都感同身受了對吧，普通等級的爛鬼一出現，陰風就只能吹熄一支蠟燭，更凶暴一點的鬼出現陰風就吹掉兩支蠟燭，以此類推知不知道！」

「知道啦。」我們懶洋洋地附和。

咚地一聲，肥婆把瓷碟放在滿滿是字的紙上。

我們精神不禁爲之一振，就連哈棒老大也抓了一下頭髮，摩拳擦掌地靠了過來。

「注意了，一旦開始，就不能隨便結束。」肥婆慎重其事地說：「把碟仙請回去之前，絕對不可以有人離開。」

我們嚴肅地點頭。

「絕對，不能，有人，中途，離開。」肥婆拖長了聲音。

哈棒老大、謝佳芸、楊巔峰、我、王國、和肥婆，我們總共將六隻手指小心翼翼放在碟子上，在肥婆的帶領下所有人一起低聲唸道：「碟仙碟仙趕快來，碟仙碟仙趕快來，碟仙碟仙趕快來……」

一邊重複唸著，一邊覺得四周陰風陣陣，好像又變得越來越冷了。

老實說玩碟仙應該很恐怖才對，但不知爲什麼我一點也沒有緊張的感覺，我肯定不是不怕鬼，也肯定不是覺得反正碟仙不會來，那我爲什麼一點也不感到害怕了呢？

正當我暗暗覺得奇怪的時候，忽然哈棒老大大罵：「到底來不來！」

煞氣瞬間爆發，瓷碟飛轉，還差點脫離我們的手指控制。

「來了！」肥婆驚呼。

那一刻我笑了出來，哈哈哈哈我跟哈棒老大一起玩碟仙，當然什麼也不必怕啊！

3

陰風從我們腳底下一捲，蠟燭馬上給吹滅了三支。

瓷碟在字紙上停了下來，落在「到」這個字上。

謝佳芸看著楊巔峰，楊巔峰看著我，我看著王國，王國看著肥婆，大家屏息凝神。

「碟仙碟仙，你好，很榮幸今天晚上……」肥婆戒慎恐懼地看著碟子。

「喂，你怎麼死的？」哈棒老大打斷肥婆，第一個問題就超展開。

大家嚇了一跳，肥婆更是滿臉慘白。

碟子像是有了生命一樣，用極快的速度在字紙上轉來轉去，明明就是我們的手指壓在碟子上，還壓得不輕，碟子裡卻湧出一股力量，輕易地將我們的手指載著跑，真不愧是碟仙啊！

最後碟子轉轉又停停，分別停在「車」、「禍」兩字上。

「滾！」哈棒大吼。

「太普通啦！」楊巔峰馬上跟進。

「哈哈哈算老幾啊你！」我也哈哈大笑。

「好像有一點點不夠凶呢？」謝佳芸靦腆地笑著。

碟子瞬間一陣哆嗦，我感覺到附在碟子上的力量忽然消失了，一動也不動。

「碟仙走了的樣子耶？」王國歪著頭。

「有一點點沒禮貌呢他。」謝佳芸小抱怨。

肥婆臉色鐵青，一言不發，重新點著了被吹熄的白蠟燭。

「碟仙碟仙趕快來，碟仙碟仙趕快來，碟仙碟仙趕快來……」

我們再次將手指放在碟子上，隨意嚷嚷。

不多久，一陣冷颼颼的陰風颳了過來，白蠟燭給吹滅了兩支。

碟子才剛剛要動起來，哈棒老大就瞪著碟子：「你是來吹蠟燭的嗎？滾！」

我們哈哈大笑。

楊巔峰乾脆從書包拿出紙筆，寫下「猛鬼面試大會，無法吹熄五根蠟燭者，勿擾」幾個大字，用膠帶隨便貼在講台上。

「對啊，我們只要猛鬼，其他的爛鬼拜託不要浪費我們時間好嗎？」我扠腰。

「眞希望那些爛鬼懂得什麼叫尊重呢。」謝佳芸嘀咕。

肯定是因爲要一直點蠟燭，肥婆的臉色很難看，好像被鬼幹到屁眼一樣。

「碟仙碟仙趕快來，碟仙碟仙趕快來，碟仙碟仙趕快來……」我們重新開始。

這時陰風陣陣，蠟燭給吹滅一支。

我們一起怒吼了：「看不懂字是不是啊！」

下一陣陰風吹來，蠟燭給吹滅了四支。

謝佳芸尖叫：「煩耶！」

又一陣陰風徐徐，蠟燭還是給吹熄了一支。

王國也怒了：「怎麼有比我還笨的鬼啊！」

再一陣陰風撲來，蠟燭陡然滅了三支。

哈棒老大冷冷說：「想再死一次是不是？」

就這樣，蠟燭又點又熄，陸陸續續來應徵的爛鬼弄得大家心情都很差。

正當大家開始討論要不要去校門口買點鹹酥雞之類的，陰風又起。

乖乖不得了啦，一股讓我腳底發麻的寒意湧上，五支白蠟燭全滅。

「這次有機會喔！」楊巔峰點頭。

碟子劇烈震動，扛著我們的手指在字紙上飛來轉去，好不容易才停下來。

「力氣這麼大，你應該是男的吧？」我直接問了。

肥婆用力瞪我一眼，碟子就轉到「女」字。

「哇，那妳一定是個壯娘。」王國噗哧笑了出來。

碟子迅速轉了三個字「要」、「你」、「管」。

「碟仙很沒禮貌耶。」謝佳芸皺眉的樣子也好可愛喔。

碟子迅速轉了「妳」、「才」、「是」三個字。

不等謝佳芸發作，楊巔峰就問了重點：「所以妳到底是怎麼死的啊？陰氣這麼重！」

碟子迅速轉到了「釣」字。

我不懂了：「釣魚死掉的？」

王國：「釣魚是怎麼釣死人的啊？」

楊巔峰：「應該是釣魚掉到一半，被什麼大魚給咬死的吧？」

謝佳芸：「眞的好不小心喔。」

我發揮推理的精神：「或是去釣魚的時候腳滑了一下，摔到水裡被淹死的。」

謝佳芸：「這樣也好不小心喔！」

楊巔峰：「摔到水裡淹死的話，碟子就會跑到淹，或溺，別胡亂推理。」

我不甘示弱：「如果是被魚咬死的話，碟子應該跑到咬這個字吧！」

這時碟子像是生氣了，以幾乎要震開我們手指的力道在字紙上橫衝直撞，最後在「吊」這個字上緊急煞車時，我的手指還隱隱發疼呢。

「原來是上吊的吊啊？」楊巔峰嘖嘖嘖，有點傻眼。

「哈哈哈哈好好笑喔，碟仙寫錯字耶！」王國笑到岔氣。

「所以說把書讀好眞的很重要呢。」謝佳芸遺憾地搖頭。

「對對對！說不定她就是因爲常常寫錯字，所以氣到上吊喔！」我大笑。

這時碟子像是吃了炸藥，在字紙上大暴走，衝來衝去就是停不下來。

「碟仙好像生氣了耶？」楊巔峰失笑。

「碟仙好容易生氣喔。」謝佳芸小抱怨的嘟嘴也好可愛呢。

「這就是傳說中的丟臉轉生氣嗎？」我皺眉。

「碟仙不是生氣，她是不知道要選哪個字才不會寫錯啦！」王國隨口說。

王國一說完，我們瘋狂大爆笑起來，好像在唱大笑之歌，好歡樂。

碟子轉來轉去就是不肯停下來，恐怕眞的是識字不多，我開始同情碟仙，正要好好安慰她幾句的時候，哈棒老大暴喝一聲：「尿急是不是！轉個屁！」

宛若五雷轟頂，碟子瞬間止住。

「爲什麼上吊！」哈棒老大質問。

碟子戰戰兢兢滑到了「情」字。

「上吊的鬼本來就很恐怖，爲情上吊，更是淒慘，恐怖加淒慘，陰氣逼人，果然有五支蠟燭的架勢。」一路臉色鐵青的肥婆終於開口了：「老大，這鬼很凶，絕對可以養！」

哈棒老大冷冷又問：「穿什麼衣服上吊的啊？」

碟子輕輕滑到了「白」字。

白色啊……白色啊……白色？

我看向哈棒老大。

「不是最厲害的紅色？」哈棒老大輕蔑地說。

「吼走開啦！」我們異口同聲大罵。

碟子劇烈一晃，彷彿重重挨了一腳感到暈眩似地，然後就動也不動。

肥婆簡直要暈了。

4

本教室的煞氣極重，接下來還有不少的猛鬼前來吹蠟燭，不是五支蠟燭等級的爛鬼直接被我們罵走，而五支蠟燭等級的猛鬼也得接受進一步的面試。大家嘻嘻哈哈的，好像在開同樂會。

來了一個跳樓死的鬼，感覺好陰森，可他不是直接倒栽蔥用頭插在地上死掉的，姿勢不夠恐怖所以哈棒老大不想養。

有一個燒死好幾人的王八蛋縱火犯的猛鬼來自首，但他承認他是不小心被自己放的火給燒死的，感覺很笨，所以老大也不想養。

然後有一個赫赫有名的槍擊要犯跑過來，一開始他還想把碟子摔碎展現自己與眾不同的凶殘……這點哈棒老大是挺欣賞的，但後來發現他是被小弟出賣在睡覺時偷偷用槍打死的，而不是跟警察槍戰死掉的，老大就很嫌棄他，畢竟一個連小弟都帶不好的大哥，死後變成的鬼也一樣沒出息。

比較瞎的是，有一整棟旅館的鬼跑來集體報名，那些鬼說他們都是在鹿港一間小旅舍陸陸續續自殺死掉的，死法各式各樣，死後千奇百怪，不過哈棒老大覺得他們太熱鬧了，感覺像是來比賽講笑話的，很不正經，所以用難聽的話把他們給罵了回去。

值得一提的是，有一個故意把自己溺死在頂樓水塔裡的女鬼跑來報名，她說她爲了確實變成一個厲鬼，還特別穿了紅衣服再跳水塔，感覺很有自信，可一問之下才發現，她溺死之後的隔天就因爲自殺前擺在水塔外面的紅鞋子被人發現，屍體馬上被警察撈了出來，沒有順利在裡面把自己泡到腐爛、泡到變形、泡到住在大樓裡面的每個人都喝了好幾個月甚至好幾年的屍水，顯然是死得不夠積極進取，哈棒老大嘆了一口氣之後還是把她給罵走。

半個晚上下來，肥婆的臉上已經毫無血色。

「老大的標準好嚴格喔。」謝佳芸感嘆：「眞不愧是老大。」

「那當然啦，老大養的鬼一定要超凶暴的啊！」我科科科：「這樣我們也有面子。」

「老大，如果精準一點來說，你想養什麼樣的鬼啊？」楊巔峰喝著仙草蜜。

「呂布。」哈棒老大言簡意賅。

這下連我都拍案叫絕啦：「對！老大要養的鬼，就是鬼中的呂布！」

楊巔峰也讚歎不已：「當然得是鬼中的霸主啊！」

「不是，我要養呂布變成的鬼。」哈棒老大陰狠地說：「眞正的呂布鬼。」

我們都呆住了。

「老大，呂布死很久了耶。」我小心翼翼地說。

「我要養呂布。」哈棒老大淡淡地說。

「死了大概有幾百年了吧？還是一千年啊？」楊巔峰謹愼地計算。

「幹我就是要養呂布。」哈棒老大輕輕握拳。

「都死那麼久了，說不定呂布早就投胎了？」肥婆面有屎色：「不，肯定投胎了。」

「幹你娘我要養呂布！」哈棒老大對著肥婆大叫。

這個世界上沒有老大養不起的東西，就算是呂布……就算是一個早就投胎了的呂布，只要哈棒老大想養，我們就得無所不用其極地把呂布給抓來。

重新調整思維，我們的手指再度搭上冰冷的碟子。

「呂布呂布，快點來面試……呂布呂布，快點來面試……呂布呂布，快點來面試……呂布呂布，快點來面試……呂布呂布，快點來面試……」

我們像智障一樣唸了好久，碟子還是不動聲色，看樣子呂布真的很大牌。

「煩耶。」哈棒老大打了一個好臭的呵欠。

我立刻大叫：「出來啦！」

楊巔峰加碼：「是不是不敢出來！」

正當我們你罵一句我幹一句，幹來幹去五分鐘後，一支蠟燭熄了。

無聲無息。

「才一支蠟……」我才剛要取笑，第二支蠟燭也熄了。

明明就沒有風。

一點陰風也沒有，兩支蠟燭就這麼無端端滅了。

然後第三支蠟燭也滅了，像是被無形的手給捻熄。

「哇靠。」王國瞪大眼睛。

第四支蠟燭熄了。

第五支蠟燭也熄了。

這種慢吞吞的蠟燭熄滅法，原來比一陣陰風吹來還陰森一百倍啊。

「……還滿恐怖的耶？」我的牙齒打顫。

「是超恐怖的好不好！」王國的聲音聽起來很抖，不曉得是太興奮還是太害怕。

我彷彿聽見肥婆倒吸一口涼氣的聲音。

就在這個時候，哈棒老大的手指隨意離開了碟子，抓著褲子上的皮帶，站了起來。

我們都嚇了一跳。

「我餓了。」

哈棒老大說完這一句話，就頭也不回地走出教室。

5

我們面面相覷。

這不就是犯了最大的禁忌，玩碟仙，中途絕對不可以有人離開嗎？

老大這一走，教室的氣溫急降了好幾度，我們戳在碟子上的手指好像要結凍了。

「現在怎辦？等老大回來再繼續玩嗎？」我挺不安的。

「還是乾脆……不要玩了？」謝佳芸弱弱地問了這一句。

「不行！」肥婆嚴厲地看著我們所有人：「碟仙已經來了！不把他請回去就結束的話，所有人都會死於非命，被車撞死，被活活餓死，被水淹死，被火燒死，被鬼掐死，被活活餓死！被活活餓死！總之一定會死得很慘！」

「妳剛剛活活餓死說了三次耶。」王國提醒肥婆。

「……是嗎？活活餓死我說了三次嗎？」肥婆皺眉。

我們大眼瞪小眼，不知道該怎麼接下去。

「但是哈棒老大忽然走掉了耶，不是說中途不能有人離開的嗎？」我問。

「沒錯，但……但我也不知道該怎麼辦，中途有人走掉，跟碟仙沒有請走就結束遊戲一樣恐怖，而且你們今天晚上一直在做很沒禮貌的事，這間教室已經不是充滿煞氣那麼簡單了。」肥婆看起來很緊張：「今天晚上，一定會發生很恐怖的事。一定。一定會有人被活活餓死！」

幹嘛一直提活活餓死啊……

我一陣哆嗦，還一路從頭皮麻到包皮，胯下一陣緊縮，很想尿出來。

王國舉手了。

「抱歉我尿出來了，請問我可以去廁所洗一下褲子嗎？」王國傻笑。

「不行！」我們異口同聲瞪著他。

都已經少一個人了，再走掉王國的話豈不是更恐怖！

怎麼辦？

「阿就少一個人啊，能怎麼辦？」王國的尿好臭。

「少一個人還是要繼續玩下去吧？」謝佳芸冷到都流鼻涕了。

「反正老大吃飽就會回來，到時候一定會沒事的啦。」我深呼吸。

「誰也猜不到老大，老大搞不好吃一吃就自己回家睡覺了。」楊巔峰也緊張了。馬的，這點倒是很有可能啊！

「不是這樣的，沒看到我點的這支超粗的香嗎？你以爲這支香是點好看的嗎？這支香就是時間限制啊，如果老大慢點回來就慘了，我們一定要在這支香燒完之前把碟仙請回去，否則就會全部活活餓死！活活餓死！活活餓死！活活餓死！」肥婆看起來眞的快崩潰了。

那支從剛剛就被我們一直忽略的大香，現在只剩下五分之一不到。

「妳幹嘛一直說活活餓死啊！」楊巔峰不高興地看著肥婆，眼神卻像是被嚇到。

「我哪有一直提！」肥婆尖叫。

「妳明明就有……」我弱弱地插嘴：「妳是不是故意嚇大家啊？」

「誰嚇誰啊！你們今天晚上才一直亂搞碟仙！想嚇死我啊！」肥婆超氣的。

王國舉手。

我們看向他。

「剛剛老大走之前，也說他肚子……好餓耶？」王國呆呆地問。

這時氣氛降到最冰點，我們都被嚇到啞口無言了。

謝佳芸舉手了。

我們看向她。

「可是碟子從剛剛到現在，都完全沒有動啊，這樣不就代表碟仙還沒來嗎？」謝佳芸試著扮演冷靜的角色：「碟仙還沒來，遊戲就不算開始吧？那我們就不要玩了就對了……吧？」

對啊，我猛點頭。

「我也不知道碟子爲什麼沒動起來。」肥婆咬牙切齒，但眼神卻飄來飄去：「但碟仙眞的已經來了，要不然蠟燭也不會熄滅，還滅了五支……碟仙一定在哪裡？一定在哪裡？」

原本我們刻意留著的唯一一盞日光燈開始急速閃爍。

黑板旁放掃地用具的櫃子，慢慢地，慢慢地，慢慢地打開。

6

三小啊……

我們極度僵硬的脖子，不約而同轉向那慢慢打開的櫃子。

一個黑色的人影慢吞吞地從櫃子裡走了出來。

王國張大嘴巴：「是呂布嗎？」

這個時候我已經沒有力氣罵王國智障了。

我當仁不讓地尿了出來，就連楊巔峰也是一臉正在尿崩的扭曲。

那黑影以虛弱的步伐，歪歪曲曲走到我們面前。

「少一個人的話……我可以一起玩啊。」

說話的，是兩眼掛著超深黑眼圈的好學生林俊宏，兩頰削瘦，嘴唇發紫。

我聽見叮叮咚咚的聲音。

一看，發現我們五個人戳在碟子上的手指全都在發抖，指甲抖到不斷敲著碟子。

莫名其妙，林俊宏怎麼會在這個時候從櫃子裡走出來？

我忍不住瞥眼看了一下地上，確認一下這個版本的林俊宏有沒有……影子？

不過燈光太暗，完全看不清楚林俊宏有沒有影子，倒是發現慢慢接近桌子的林俊宏走路的姿勢有點怪怪的，仔細一看，原來林俊宏是把腳尖踮起來走，難怪走起來搖搖晃晃。

林俊宏自己默默拿了一張椅子坐下，這時我完全不知道自己是什麼表情。

「那我就一起玩了喔。」

林俊宏慢慢伸出他那毫無一點血色的乾癟手指，按在碟子上。

反正尿都尿了，我勉強自己觀察了一下林俊宏。

他的眼神超級空洞，身上還有一種好臭的味道，感覺像是屎。

對，就是屎味！

王國的鼻子抽動，面有難色地看著林俊宏：「你好臭喔。」

我簡直快暈了。

「對不起，我剛剛在櫃子裡睡著，就順便拉屎在褲子裡了。」林俊宏道歉。

林俊宏講話的聲調完全沒有抑揚頓挫，眼神也超空洞。

「你幹嘛去櫃子裡睡覺？」楊巔峰坐如針氈的表情還真是少見。

「啊？我今天流超多血，沒體力走回家。」林俊宏看起來就是血超少的。

「原來如此啊，真是辛苦你了。」我只能點點頭。

「辛苦了。」肥婆看起來好像也是剛剛尿過的樣子。

「……辛苦了。」謝佳芸哭了，看樣子她正在羞恥地尿尿。

不過王國舉手了，顯然有完全不一樣的思維。

「林俊宏你真的好臭喔。」王國居然還在抱怨：「你就這樣坐在自己的大便上玩碟仙，這樣對碟仙很不尊敬耶。」

「……你們不是都尿出來了嗎？」林俊宏呆呆地看著我們。

「我沒有！」謝佳芸死不承認。

「我也只尿了一點點。」肥婆低下頭。

「就算我們都尿出來了，你坐在大便上面還是最髒啊。」少十幾根筋的王國正經八百數落著林俊宏：「我以前也常常拉屎在褲子上，但我每次都會趕快跑到走廊洗手台去洗褲子跟洗屁股，你太誇張了啦，大便就大便，但你都不管，還坐在大便上跟我們玩碟仙，眞的有夠臭的，你屁股都不會黏黏的嗎？」

我們都嚇死了。

「那怎麼辦？大家都一起大便好了。」林俊宏面無表情地說。

我還沒搞懂林俊宏爲什麼那樣說的時候，忽然我就大便了。

不只我大便了，就連楊巔峰的表情也在那瞬間變得很吃驚，好像他也大便了一樣。謝佳芸那張臉則根本就靈魂出竅了，不是彷彿，我確確實實聽見了噗噗噗的聲音。

肥婆也滿臉大汗地看著我，還大口大口喘氣，我超想貓她一拳的。

王國則是直接喊出來：「我大便了，我要去洗屁股！」

「不能走！」肥婆扯開喉嚨大叫：「通通不能走！手指不可以離開碟子！」

看樣子，大家都大便了。

我看著謝佳芸。

她當然還是哭了，而且哭得很糾結，哭得一收一放的，我完全可以從謝佳芸充滿律動感的表情去想像她的屁眼正在呑吐大便的收縮節奏……我的天啊，我眞的是太幸運了，謝佳芸大便的表情原來那麼可愛啊！

「謝謝妳。」我忍不住說了。

「……快點把碟仙玩完啦！」謝佳芸啜泣。

「對啊，快點把碟仙玩完吧。」林俊宏面無表情地說：「香，就快燒完了。」

對耶，那炷香只剩下一點點，絕對撐不了十分鐘。

大家雖然一定要把碟仙玩完，不過畢竟大家都沒有坐在自己大便上聊天的經驗，一時之間所有人腦中一片空白，你看我、我看你，只覺得屁股濕濕熱熱的，六種不同口味的屎聞起來各有千秋，總之就是超臭！

「不是要問碟仙是怎麼死的嗎？」林俊宏的語氣很冰冷。

「這種不禮貌的問題，我完全沒想過要問。」楊巔峰正氣凜然地說。

「沒錯，這種問題一點都不尊重往生者，簡直沒品。」我也堅決表示反對。

「啊？可是我想問耶。」王國天真無邪地問：「碟仙，你怎麼死的啊？」

碟子沒動。

一動也不動。

「碟仙是不是連自己怎麼死的都不知道啊？哈哈哈……」王國哈哈大笑。

我超想哭的，謝佳芸逃避得乾脆把頭別過去。

「我是餓死的。」

開口說話的，毫無意外是林俊宏。

「我在問碟仙耶。」王國皺眉了。

「……」這時林俊宏的臉已經不是毫無血色，而是滿臉的綠光。

無緣無故，哪來的綠光啊？

大概只有王國那種程度的白痴，才看不出來林俊宏已經被碟仙附身了。

「我從小就有靈異體質，簡單說我是一個超能力者，我可以透視底牌……」

林俊宏的聲音變成一個女人的腔調，感覺超恐怖的。

「誰有液晶體隱形眼鏡，誰都可以透視底牌啊？」王國不解。

我們都嘆了一口氣。

「……他平常就是這樣嗎？」林俊宏用哀怨又陰森的眼神掃視我們。

我們又嘆了一口氣，點點頭。

林俊宏繼續用女人的腔調說下去：「我可以靠意志力移動物體，我可以看穿一個人的心思，我可以看見另一個世界的一切，我甚至可以跟來自另一個世界的東西講話……久而久之，我的能力讓很多人感到很不安，所有人都不理解我，就連爸爸也覺得我是一個妖怪。」

「感覺在哪裡聽過？」王國插嘴。

雖然我也好像在哪裡聽過，但我更想一拳把碎嘴的王國打昏。

「最後，我爸爸終於發現，原來我不是他親生的，我其實是海裡的妖怪跟我媽媽搞出來的，他很生氣，也很害怕，有一天他在我喝的水裡下藥，把我……」林俊宏講到這裡，忽然哽咽了一下下。

「啊幹！然後你爸爸就把你丟到井裡對不對！」王國大叫：「我就知道我在哪裡聽過嘛！就七夜怪談啊！林俊宏你抄七夜怪談幹嘛啊！」

「王國可以麻煩你閉嘴嗎？拜託！」楊巔峰虎目含淚看著王國。

「對不起他一直都是這樣。」我無奈地看著滿臉發出綠光的林俊宏。

「……我爸爸不但把我丟到井裡，還用大石頭把井封起來，我在裡面爬啊爬啊，爬到指甲都斷了，手指也斷了，還是沒有辦法爬出去，裡面黑漆漆的我好害怕，好不容易爬到最上面，卻推不開那個大石頭，我又摔了下去……」

「妳不是有超能力嗎？靠意志力把石頭丟掉就好啦。」王國越聽越納悶：「要不然妳就瞬間移動嘛，咻咻咻一下子就跑出去了啊。」

「……你到底是哪裡有毛病？」林俊宏瞪著王國。

「大家都說我是白痴。」王國傻笑，好像得了什麼獎似地瞎爽。

「我在一片漆黑的井裡，孤孤單單一個人，好餓好餓，我眞的好餓，餓到連井水都快被我喝光了，不知道過了多久，我已經沒有力氣往上爬了，我也沒有力氣打開我的眼睛了，最後我就活活餓死了。」林俊宏越說越淒厲：「我恨！我恨這個世界！我恨這個不了解我、害怕我、仇恨我、把我遺棄的這個世界！我要報仇！我一定要報仇！」

窗戶玻璃都裂了。

所有的桌子跟椅子全都震動了起來。

黑板發出手指用力刮在上面的尖銳聲。

教室後面的大魚缸甚至破了，稀里嘩啦流出一大堆的水，那隻被我們養大的淡水鱷魚也摔了出來，甩著尾巴，茫然地在地板上爬來爬去。

而被我們不斷發抖的手指按住的碟子，正慢慢飄浮起來，飄浮在半空中。

爲了不讓手指離開碟子，我們被迫站了起來，這時我第一個感覺是剛剛噴出來的大便從屁股附近往大腿摔落，十分想死。

教室好像整個天搖地動起來。

「香快燒完啦！」我嚇壞了：「快來不及啦！」

「怎麼辦？」謝佳芸尖叫。

「肥婆！」楊巔峰大吼。

「碟仙碟仙今天晚上謝謝妳！請問妳可以走了嗎！」肥婆大叫。

林俊宏面目猙獰地大叫：「我不走！我要所有的人在七天之內！全都！死掉！」

碟子越飄越高，我們只好站到了椅子上繼續按著它。

情勢危急啊，楊巔峰忽然想到一件很重要的事：「肥婆！小熊！」

對了！還有那個預備當我們替身的小熊布娃娃啊！

「天靈靈地靈靈！」肥婆激動地大叫：「把妳的仇恨都集中到那隻小熊身上吧！」

林俊宏怒吼：「當我是什麼等級的爛鬼啊！」

蹦！

那隻破爛小熊瞬間爆開，變成一堆四面飛射的棉花。

「七！天！」

林俊宏怪叫一聲，馬上用非常奇怪的姿勢昏倒。

碟子在林俊宏昏倒的瞬間湧出一股超乎尋常的力量，一下子就甩開了我們的手指，在教室裡飛來飛去，敲碎了好幾支燈管，好像奪命血滴子。

「完蛋啦！」我慘叫。

「死定啦！」王國也嚇壞了。

「不要放棄啊快想辦法！」楊巔峰大叫：「南無阿彌陀佛！急急如律令！」

「怎麼會搞成這樣啊！」謝佳芸還是哭。

「都是你們一直亂玩！」肥婆在這個時候還在說這種沒營養的話。

碟子飛來飛去，越飛越急。

碎掉的燈管掉在地上，所有的桌椅都給震得離開地面，連黑板都裂出七、八條縫。

碟子越飛越猛，猛到颳開空氣的聲音都充滿了嗚嗚聲。

「死定啦！」我絕望了。

就在這個時候，我瞥見教室後面的門邊，佇立了一道熟悉的身影。

他是一個立志要養獅子，不，要養呂布的小學生。

他是我老大。

哈棒。

我感動得快哭了。

「老大！」我們齊聲大吼。

只見哈棒老大左手捧著一碗熱騰騰的泡麵，皺著眉頭，慢慢走了過來。

他無視教室裡驚天動地的一切，無視我們的大叫。

老大只顧著在四周找來找去，好像很煩惱的樣子。

這時被怨靈附體的碟子，正以無與倫比超高速的速度射向哈棒老大的咽喉。

啪。

哈棒老大很自然地接過碟子，看了看，像是鬆了一口氣。

老大將碟子蓋在冒著熱氣的泡麵上，表情非常滿意。

「差點找不到蓋泡麵的碗呢。」哈棒老大笑了。

教室恢復平靜，宇宙也恢復了秩序。

我們全都軟癱在椅子上，一句話都說不出來。

五分鐘後，我們看著老大把悶好的泡麵津津有味吃光，看樣子老大眞的很餓。

恐怖的夜晚就這麼結束了。

關於養小鬼這個風氣卻沒有因爲碟仙事件而停止，畢竟狗都不可以隨便棄養了，何況是鬼。養了鬼就要有責任感，所以我們後來一直養到畢業，只是林俊宏眞的快沒血了，我們只好恢復值日生割手指的制度。

嗖—
完美

當我們從民生國小畢業的時候，我們正式把四十九個塞滿鬼的瓶瓶罐罐，送給繼承了這間擁有無限冷氣教室的學弟妹，教導他們節能省電的重要性。這個傳統不曉得今天還在不在？

有時候我回憶起那天晚上，我總是猜想……

會不會碟仙也被哈棒老大給吃進肚子了呢？碟仙吃起來又是什麼味道呢？

我不知道。

肥婆也不知道。

我猜，大概只有王國他媽媽知道了吧！

老金生診所

1

忘了是高一？還是高二？

我要說的這件事說起來有點難爲情，但那時我們打太多手槍了。

本來打手槍也沒什麼，男孩子嘛，晚上睡覺前不打個手槍，怎麼睡得著呢？

問題就在於打得太超過了。

仔細回想，都是王國那白痴起的頭。

大概三個月還是四個月前吧，禮拜三第七節下課，掃地時間我去廁所尿尿的時候遇到王國在撇尿。我走到他旁邊，拉下拉鍊。

「我跟你說，我超會打手槍的。」王國站在在小便斗前，皺著眉頭。

「……是喔？這麼強。」我嗤之以鼻，醞釀情緒。

只見王國一邊尿，一邊抖手，面色凝重。

「你腎虧喔？」我笑了，開始舒暢。

不，有點不對。

王國他持續在那邊給我抖手，屁股也在抽搐，樣子不是很正常。

「你鬼上身喔？」我隨口說。

每個人都知道王國他媽媽有毛病，不知道是不是在遠方用小草人惡搞她兒子。

「噓，我在打手槍啦。」

王國臉色痛苦，嘴角卻帶著一抹「我好神」的微笑。

我大吃一驚，剩下的尿一下子全閃了出來。

我用最快的速度拉上拉鍊，往後退了兩步。

再怎麼樣，我也不能接受王國站在我旁邊打手槍。

「你幹嘛啦！這樣也可以打！」我嚇壞了。

「嘿嘿，嘿嘿！」王國轉頭看著我，繼續他的動作。

「轉過去！看三小！」我的背頂到了後面的大便間門板。

我突然很想抄起放在工具間的畚箕往王國的臉上一殺。

「你才幹嘛看我打……打……打手槍咧！」王國的表情猙獰。

我太怒了，竟然看著我打手槍，我立刻轉過去打開工具間，拿出畚箕。

當我高高舉起畚箕想幹下去時，王國的頭突然倒在牆上，身體靠著小便斗，一陣畸形的哆嗦。我全身不寒而慄。

「王國，幹你是有病喔！這樣就射！」我有種說不出的害怕。

「我……我就是忍不住啊。」

王國勉強笑了，像是剛剛打過手槍，不，他就是真的剛剛打過手槍。

「剛剛尿尿的時候，我的手碰到我的小雞雞，我就忍不住想讓它變大，變大之後就忍不住想讓它變小，不然很難尿，沒想到就打下去了，就是這麼回事啊……」王國的頭頂著牆，氣若游絲。

王國的傻早就病入膏肓，我想他會變成現在這樣子，我也有一點責任。

但病到連上個廁所都要打個手槍，我想都不敢想。也不想負責。

王國整理了一下褲子，意興闌珊地轉過來。

我注意到小便斗上面有一股白白濁濁的液體，沒有沖，下一個上那個小便斗的人，聞到那股又騷又腥的味道，不知道會不會有被嗅覺強暴的感覺。

「你這樣多久了？」我洗手時，刻意離王國一大步。

「三天前。」王國虛弱地說，卻隱隱透著股「我是天才」的疲憊感。

「每天都要打幾次啊？」

「大概三、四次吧。」

「你這樣算是有病。」

「打手槍不是病。」

「像你這樣打就是有病，再打就要人命，等一下上課的時候叫肥婆幫你算個命，收個驚，看看你到底是中了什麼邪。」

「是嗎？我覺得很好啊。」

「好個屁。」

上課鐘響了，我們回到教室。

第八節課不愧是第八節課，大家總是活力十足，吃便當的吃便當，看漫畫的看漫畫，拉扯鈴的也專心拉，每個人都非常認眞地在做自己的事，完全不打擾地理老師上課。

最近罕見天天來上課的哈棒老大，依舊在後面玩麻仔台。

那是從巷口的雜貨店搬來的好貨，老大最近迷得很，常常一邊玩一邊用力拍機器，有時還用腳踹，認真的態度讓大家都很敬佩。

塔塔的腳受傷了，不踢毽子了，專心地拿紅蘿蔔餵養在抽屜裡的兔子，眞有愛心。我滿喜歡塔塔的，我趴在桌子上，幻想自己正是那隻幸福的兔子。

又高又壯的楊子見，額頭頂著桌子，聚精會神地在底下雕刻木偶。據說雕刻好了要賣給肥婆，因爲肥婆自以爲是，想靠著每天對人偶下咒贏得楊巔峰的心。不過楊子見也夠謙虛低調的，連歐陽豪那傢伙都大大方方在桌子上玩拼圖了，他幹嘛不把木偶放在桌上刻咧。

話說明明是夏天，肥婆竟然在打毛衣，據說是要送給她心愛的楊巔峰。

我看是沒指望。

男人如果還想硬，都會選從小學到高中一路都是班花的謝佳芸，不會選肥婆。

至於一邊忙著烤香腸的楊巔峰，一邊還跟謝佳芸玩跳棋。

楊巔峰是個天才，當然也有天才慣有的毛病，就是不用怎麼讀書就可以考進全校十名內。他常說：「靠咧，如果我比你們聰明，卻還居然還跟你們這些笨蛋一樣努力，那我那麼聰明幹嘛？人生嘛，就是在等不勞而獲的機會啊，我那麼聰明，機會遲早被我矇到。」

雖然是歪理，不過關我屁事。

王國剛剛打完一槍，除了睡覺之外他沒有別的力氣了，趴著睡死。

只有好學生林俊宏一個人算是有在上課，不，也不算，畢竟聽課算是浪費時間，林俊宏都在自己讀自己的，桌上全是參考書、字典、考卷。

林俊宏是我們班考試方面的驕傲，雖然他比起楊巔峰來說算是很喜憨了，但努力型的他可是貨眞價實的全校第一名，有什麼無聊的比賽我們都會派他出去。

而地理老師，自顧自照唸著課本上的內容，一字不漏。

「老師，台灣到底是不是中國的一部分？」

剛剛轉學到我們班上的勃起，那一陣子很喜歡在上課時舉手發問。

「你不要亂啦！這題考試不敢考。」地理老師無奈。

「老師，日本據說是吸血鬼在後面偷偷掌控的帝國耶，眞的是……(A)七上八下(B)甘霖老師(C)武松打虎(D)月下老人，應該……應該是(B)吧？」跟王國不相上下弱智的勃起又舉手，樂此不疲。

「唉，你聽誰在亂講啊，考試這樣寫會沒分數的。」地理老師一臉不想理他。

「老師，暑假可不可以帶我們到北極玩？」勃起又舉手。

「哎呀老師有錢也不會撒在你們身上啊，不要亂了。」地理老師繼續唸課本。

勃起又舉手。

「老師，王國好像在打手槍。」勃起講得很大聲。

我嚇了一跳。

很多人也都嚇了一跳，注意力全部回到課堂上，看向王國那邊。

只見王國紅著臉，慌慌張張將手上的東西塞回褲子裡。

塔塔哭了起來，因爲王國剛剛就是在看她。

我太生氣了！

竟敢看著我偷偷喜歡的女生打手槍，我幾乎要把手上吃到一半的滷大腸丟出去！

「……」王國有點靦腆地笑了出來。

只見哈棒老大站了起來，用力踢了痲仔台兩下，大家都靜了下來。

鐵青著臉，老大走到教室中間一把抓起勃起，就這麼提著走到教室後面，丟進垃圾桶裡。是喔……大家都沒有特別的想法，連勃起本人也不掙扎。

老大一出手，宇宙立刻恢復了平衡。

除了塔塔還忙著哭，其他人都恢復到自己本來正在做的事。

我嘆了口氣。

王國啊王國，你究竟是怎麼了？竟然沒辦法等到放學再打？

我跟歐陽豪借了滑板，滑到肥婆前面。

「肥婆，雖然妳很肥，超醜，又鬼裡鬼氣，不過妳也看到了，王國他這樣子下去不行。」我坐在滑板上。

「諮詢費一百塊。」肥婆連看都不看我一眼，繼續打她的毛衣。

「他打手槍上癮了，妳用不可思議的陰陽眼幫我看一下，是不是有東西在跟王國？要怎樣才能解？我擔心他活不到畢業。」我憂心忡忡。

「諮詢費一百塊。」肥婆還是打她的毛衣。

「如果繼續這樣打下去，最糟糕的情況就是看著妳打，我不能坐視不管。」

「諮詢費一百塊。」肥婆依然故我。

「喔。」

我拿起吃到一半濕濕熱熱的滷大腸，放進肥婆的衣服開口裡，慢條斯理坐著滑板回到座位。

那一瞬間，我看到王國拿一件外套蓋在大腿上，看著哭得很悽慘的塔塔繼續亂弄他的小老二，還給我科科笑。

眞的很奇怪，這件事非比尋常！

2

放學後，楊巔峰丟了一本雜誌到王國頭上。

雜誌是英文的，丟了也是白丟，沒人看得懂。

「幹嘛？」

王國翻了幾頁，翻到一個美女靠在敞篷車上的廣告，居然又把拉鍊拉下來了。

「這一期的《Secret Science》科學週刊裡面說，根據長期實驗的結果，一個男人一輩子只有三千毫克的精液可以射。射完了，就沒了，乾了。」楊巔峰淡淡地看著王國。

王國面有難色，不知道該不該繼續。

「眞的是這樣嗎？」王國苦苦思索。

只有我知道王國這笨蛋在想什麼，於是舉例：「三千毫克，就是六杯五百毫克的珍珠奶茶那麼多。」

王國想了想。

「喔，還有挺多的嘛。」王國又驚又喜。

一直很注意楊巔峰在幹什麼的林俊宏，也出其不意出現在一旁。

好學生林俊宏文質彬彬地說：「以自慰射精這件事來舉例的話，假設你一次射出五毫克的精液，每天自慰五次，一天總共是二十五毫克，經過二十天就滿五百毫克，三千除以五百等於六，二十天乘以六等於一百二十天，也就是說，王國最多再過一百二十天，就會射完這輩子所有的精液。」

「一百二十天！」我驚呼。

王國又陷入迷惘。

我對著他的耳朵大吼：「就是四個月啦！」

王國嚇了一大跳：「什麼！只能再打四個月！」

楊巔峰不屑地看了林俊宏一眼，說：「你嚇人啊，一天打五次，怎麼可能每次射得都一樣，都嘛是越射越少，加起來一天頂多算十五毫克。三千除以十五，兩百天才會精盡人亡。」

「我……我又沒打過手槍。」林俊宏有點不好意思。

倒是王國頭歪掉，又是一臉困惑。

我太生氣了，這有什麼好算的，就是：「差不多七個月啦！」

王國卻鬆了口氣：「好多了，一下子多了三個月。」

「你們講話好粗喔，這種事有什麼好討論的。」楊子見走到教室後面丟養樂多的時候正好聽見我們的對話，語氣有點不以爲然。

「什麼講話好粗，我懶叫才粗。」我應道。

楊子見丟養樂多的時候，發現被塞進垃圾桶的勃起竟然在裡面用倒栽蔥的姿勢睡著了，忍不住把他抱起來，順手丟到走廊的洗手台上。

楊子見這個人沒有別的缺點，就是太有正義感這點讓人難相處。

「林俊宏，你幹嘛不打手槍？」王國不解地看著林俊宏。

「因爲太早自慰，對身體發育有不良的影響，據說也會產生注意力不足、體力下滑的副作用，這些副作用對讀書、對於生活作息都是傷害，所以我拒絕自慰。」林俊宏推了推眼鏡。

他媽的，足足十七年都沒打過手槍，林俊宏第一次打出來的精液，一定是嗯爛的牙膏狀，搞不好還會濃到直接凝固在龜頭開口那邊。

「可是打手槍很好玩耶。」王國鄭重推薦。

「敬謝不敏。」林俊宏笑笑收拾著書包。

他逕自走到哈棒老大的桌子上，收走明天要交的數學作業本才走。

3

我跟王國一起騎腳踏車回家，一路上我都很擔心王國的身體。

最多兩百天後王國沒有精液可以射，也沒什麼了不起，重點是關我屁事。

但楊巔峰那句「精盡人亡」就不大妙了。

這個世界上的成語都不是空穴來風，一定有它的道理，還有一句叫「鳥盡弓藏」，我雖然不懂是怎樣，但「鳥」肯定是「爛鳥」的意思，唸起來就有爛鳥死掉的感覺。而「精盡人亡」，更直接點出精液用光了你就是會死的意思。

我騎在王國的後面，看著他後腦勺上、埋在頭髮裡、若隱若現的手術縫線。

……實在不是很愉快的回憶啊。

「王國，你不能死。」我語重心長。

「爲什麼？」王國有點高興，回頭。

「如果你死了，我就是老大旁邊最笨的人了，我一定會過得很慘。」

「你眞得很無聊耶，我哪是最笨的啊！」

「反正，你不要給我繼續打了，你這樣，很差勁。」

「你管我。」

我們下了中華陸橋，被下班潮的紅綠燈堵住。

正在想晚上要不要蹺補習的時候，一個嚼著檳榔、剃著平頭的中年大叔在車陣裡發傳單，我不想拿，但那個大叔步步逼近時用一種「幹你娘咧敢不拿就眞的幹我娘」的表情看著我。

我跟王國只有接下來的份，只見傳單上面寫著：「老金生中醫診所新開幕，名醫專治青少年種種煩惱。」寫得很不正經。

「少年仔，去看看不會死。」大叔隨口往旁邊吐射檳榔汁。

正好一輛敞篷跑車經過，檳榔汁就噴射在一個春風少年的臉上。

「好厲害的顏射！」我讚歎。

不用說，敞篷跑車立刻停在路邊，滿臉血紅的春風少年拿著大鎖下車算帳，傳單大叔也不是好惹的，馬上捲起手中的傳單，滿不要臉地幹罵衝蝦小。

跟王國站在路邊欣賞完一場精彩的路邊幹架後，我們才依依不捨離開。

「王國，今天不要去補習了吧，反正去了也是白去。」

「好啊，那要幹嘛？」王國欣然同意。

我看著夾在腳踏車把手上、縐縐的傳單，突然有了個想法。

「去傳單上的診所逛一下，看看有沒有什麼好玩的。」

「診所有什麼好玩的啊？」

說歸說，王國還是跟我騎到了傳單上、位於中正路上的老金生中醫診所。

診所號稱新開幕，但一點也沒有新的感覺。

除了貼在柱子上的紅色大紙上寫了「老金生中醫診所」七個字確定是新的外，其他的東西都是以前一間雜貨店的擺設跟裝潢，連電動門都沒有，我將不是很透明的透明玻璃門往左邊一推才進去。

毫無意外，裡面除了櫃台小姐外，什麼人也沒有。

這麼爛，讓我很安心，一定很便宜。

「您好，請問先生您要掛哪一科？」櫃台一位國中生模樣的女孩親切地問。

「要掛哪一科比較好玩啊？」王國很緊張地看著我。

「是這樣的，我的朋友最近打手槍打太多了，這樣要掛哪一科啊？」

我拍拍王國的肩膀，他有點得意地揚起下巴接受表揚。

「那很嚴重喔，要掛急診。」那櫃台小妹皺起眉頭，說：「一千塊。」

雖然是黑店，不過關我屁事。

我叫王國付了錢，便在櫃台小妹的帶領下走進裡面的昏暗小房間。

小房間裡燒了大量的檀香煙，迷迷濛濛的煙裡坐了一個高深莫測的老頭。

想必，老金生就是他了。

「兩位好，請問是哪位要看醫生？」老金生醫生眼角含淚。

「是我！」王國用力舉手，眼角滲淚，很興奮地說。

「我朋友打手槍打太多了，我估計他只剩下兩百天可以活，請醫生一定要治好他。」我邊說邊流淚，煙實在太嗆了。

「原來如此，我先把個脈吧。」老金生醫生說，用力咳嗽。

王國興高采烈地伸出手放在桌上，但老金生醫生肩膀一抖，卻愣了一下。

「啊！對不起對不起，我忘了我沒有辦法把脈，因爲我半年前去澳門賭場玩大老二作弊，雙手被黑道砍掉了。」

老金生醫生不好意思地笑了笑，然後露出他光禿禿的斷手處給我們看。

嚇死我了，我還以爲是被仇笑痴給砍掉了。

「作弊不是都斷手斷腳的嗎？」王國不解。

「對啊。」老金生醫生難爲情地屁股一蹬，露出他光禿禿的斷腳。

不但被斷腳，還斷得左邊短右邊長！噁上加噁！靠，超噁的！

我發誓！我這輩子絕對不要玩大老二作弊！

「那怎麼辦？要走了嗎？我可以拿回我的一千元嗎？」王國站了起來。

老金生醫生臉色一沉，怒道：「褲子脫下來！」

我跟王國嚇到了，趕緊把褲子褪下來。

我想了想好像不對，尷尬地又穿上。

老金生醫生注視著王國的小雞雞，我只好也跟著看，眼睛還是在流淚。

「一天打幾次？」老金生醫生滿臉都是淚。

「不一定，一天比一天多耶，昨天四次，今天已經打了五次了。」

「挺強的嘛！」

「唉呦。」

老金生醫生突然陷入沉思，一言不發。

果然不愧是經驗老到的醫生，光是用眼睛看就能思索病癥。

久久，大約過了十多分鐘，王國打了個噴嚏才喚醒老金生醫生。

「眞奇怪，我好像很久都沒有打過手槍了。」

就連高深莫測的老金生醫生也感到困惑：「怎麼會這樣呢？」

我們也感到迷惘。

是因爲有女人可以做所以不需要打手槍嗎？

還是年紀太大嗎？

要不然，是A片太久沒更新所以看到沒感覺了嗎？

我越想越覺得……我幹嘛跟著想啊我？關我鳥事啊！

「啊！因爲你沒有手！」王國恍然大悟。

「原來是這樣！可恨啊！」老金生醫生慘叫。

我眞的覺得很慘，誠心誠意跟王國安慰了素昧平生的老金生醫生幾句。

「沒有手，只要全、神、貫、注，也可以靠意志力射精的，上星期聯合報跟上上個月的自由時報都有寫。」我亂講。

「練瑜伽啊老伯！」王國更實在地建議。

老金生醫生嚎啕大哭了半個小時之久，這才勉強停了下來。

但我們的眼淚還是照飆，因爲檀香實在太濃了。

「沒關係，我一定要治好你，讓你跟我一樣永遠都打不了手槍。」

老金生醫生打起精神，這番話實在太強而有力了，我頓時充滿信心。

老金生醫生靠近王國的小雞雞，左看看，右看看，臉貼很近，十足專業。

但煙太嗆了，老金生醫生忍不住咳嗽起來。

我看著老金生醫生朝著王國的小雞雞咳嗽的畫面，心中有說不出的難受。

突然，老金生醫生大吼：「護士！」

外面那個看起來像國中生的櫃台小妹，穿著夾腳拖鞋啪答啪答地跑了進來。

「醫生？」櫃台小妹喘氣。

「拿刀！」老金生醫生提起肩，好像想拍桌子，但發現沒有手，只好用力把頭撞在桌子上，大叫：「把他的手砍掉！」

「是！」櫃台小妹匆匆忙忙跑到旁邊的廚房，拿了一把菜刀。

「高……高賽？」王國臉色發白：「這樣好嗎？」

「什麼好嗎不好嗎？」我很平靜。

「要砍手耶！」王國瞪大眼睛。

「人家是醫生，你問我，我問醫生啊！」我覺得真是莫名其妙：「有病就要吃藥，吃藥不夠就打針啊，勇敢一點，不然看醫生幹嘛？」

「打……打手槍……還不錯啊。」王國哭喪著臉。

「這樣打下去一定會死，把手砍掉可以把命留下來的話，就只好砍了。」

我無奈地聳聳肩。

「真的會死嗎醫生？」王國怕到挫。

「不砍掉手，穩死！」老金生醫生咆哮。

一想到明天去學校，大家發現王國沒有手，一定會紛紛笑倒在地上的畫面，我幾乎就要立刻摔在地上笑到打滾慶祝。

靠，那一定超扯的啦！

「把手放在桌上。」老金生醫生嚴肅地說。

王國害怕地照辦，臉上的淚水已經分不清楚是太恐懼還是被煙熏的。

只見櫃台小妹高高拿起菜刀，好像也在哭。

氣氛凝結。

王國害怕地把眼睛閉起來，嘴裡一直喊著老婆救我。

再過五秒，匡咄一聲，這張桌子上就會躺了兩隻血淋淋的斷手。

「等一下！」我大叫。

所有人看著我。

我注意到一件事：「那把刀還沒消毒啊！」

「對……對不起。」櫃台小妹紅著臉，立刻跑去拿了一個酒精燈過來。

刃面油油的菜刀就這麼在酒精燈上的藍火烤了起來，發出微微的豬肉香味，還有嗶嗶剝剝的油爆聲，大概才剛剛切過蔥吧。

王國看著刀，褲子褪到膝蓋的他，突然一陣雞皮疙瘩爬上他的光屁股。

我眼睜睜看著王國屁股肌肉繃緊，一條咖啡色的東西從夾緊的兩片肉中，像黑人牙膏一樣被擠了出來。然後無聲無息掉在地上。

我的鼻子酸了。

天啊，我在做什麼？

我爲了讓自己不要成爲哈棒老大手下裡最笨的一條走狗，竟然想犧牲最好的朋友，帶他來這種鬼地方看這種斷手斷腳的爛醫生？

我竟然爲了看我第二、第三、第四、第五好的朋友明天倒在地上哈哈大笑的樣子，竟然要犧牲我第一好的朋友在我面前被砍掉雙手？

我太氣我自己了，我簡直是畜生。

「我們走！」我大叫。

王國又驚又喜，看向我。

「砍！」老金生醫生大叫。

櫃台小妹目露凶光，揮刀一剁。

刀子砍下的瞬間，王國閃電般縮回雙手，菜刀鏗鏘一聲砍進桌子裡。

當機立斷這種事我最在行了，趁著菜刀一時半刻還拔不出來，我立刻按著桌子，一個可以獲得評審滿十分的飛踢砸向櫃台小妹的臉，踢得她整個人往後狂倒。

我跟光著屁股的王國倉皇往門口狂奔。

「有病就要治！」

老金生醫生在後面兀自淒厲大叫著。

泡在藥水裡的老二

1

爲了慶祝王國保住了雙手，我們一起去長安街吃阿璋肉圓。

保住了朋友的雙手跟自己的良心，我高興地多點了一碗貢丸湯，王國則開心地用報紙蓋在褲子上，開始今天第六次的打槍。

我其實不很能接受有人坐在我旁邊打槍，然而逼人太甚總是不好，所以我就放任他玩一下鳥。

「王國，你聽著，你這樣一直亂打下去一定會出事的。」我用叉子戳了一下肉圓皮，認眞說：「你這種爛症頭放著不管的話，在你死之前遲早會沒有朋友。」

「對……對不起啦！」王國的樣子看起來有點痛苦。

「還有，我搞不懂，看A片打手槍、看塔塔打手槍，我都可以接受，但現在你是看到什麼，竟然會想打槍呢？」我是眞的很不解。

「我也不知道……我……我……打手槍……是……」王國呼吸急促。

「幹等一下再說。」我絕對不能接受王國用那種節奏跟我說話。

此時有一對情侶坐在我的左手邊，一直朝這邊看過來，竊竊私語。

想也知道是王國的怪動作吸引了他們，除了祈禱王國快點打完，我無計可施。

過了一分鐘，王國總算是鎖定下來了，神情狼狽地閉上眼睛。

我把一顆貢丸叉進王國的碗裡，算是請他。

照他那種打法，如果不補充一點營養肯定死得更快。

「高賽，我的龜頭好瘦。」王國苦著臉，把報紙揉成一團球。

「瘦你媽。」我不想知道。

這個時候，我看見王國的臉上一陣藍一陣紅，是光。

我自然而然順著那奇怪的光源朝外面看，赫然發現阿璋肉圓店居然被三台警車給包圍。

六個警察走進肉圓店，那對情侶立刻站起來，義正詞嚴指著王國：「就是他在打手槍。」手裡還拿著手機。哇賽，被報警了。

儘管寡廉鮮恥，王國還是大驚失色。

「同學，你涉嫌在公共場所使用危險物品，那個……請跟我們到派出所一趟。」

一個骨瘦如柴的警察拿著相機，睏倦地拍著王國不由自主比YA的表情。

我注意到有兩個警察在旁邊猜拳，輸的那個一邊幹罵一邊彎下腰把那團報紙撿起來，放進一個透明證物袋裡封好。

王國用手肘拐了我一下，快哭了：「怎麼辦？」

我笑死了，幹得好啊這兩個情侶。

「這位同學，也請你到派出所一趟協助辦案。」警察也順手拍了我。

「不要。」我斷然拒絕。

「……爲什麼？」

「關我屁事啊。」

警察面有難色，支支吾吾起來。

「可是……可是他不是跟你一起的嗎？是同學吧？」

「我又沒有跟他一起打手槍。」

「這……」

「我更沒幫他打。」

「不過，唉……」

「我是可以跟你們去派出所啦！不過我是去玩的喔！」

「太好了，那就來玩一下吧。」

我笑笑，畢竟親眼看到王國在警察局挫賽，明天跟大家報告起來才有意思。

2

派出所沒有很好玩。

填好個人資料的時候，已經是晚上九點，很接近我們補習完回家的時間。

再不回家，被家裡人知道沒有去補習就慘了。

後悔莫及的王國一邊玩著手機上的麻將遊戲，一邊做著筆錄。

我在旁邊走來走去聽著，偶爾假裝關心一下去聽個幾句，實際上來來回回，都在偷偷看被手銬銬在牆上、醉得一塌糊塗的女駕駛人的乳溝。

「這種事會上報嗎？」王國這個問題已經問了六遍。

「過了八點，記者早就寫完稿子啦，算你們幸運。」負責做筆錄的警察姓藍。

姓藍不要緊，問題是他的名牌上繡著藍焦陶三個黃字，我想他爸腦子一定有病。

「那、那會報告學校嗎？」王國看著手機。

「會啊，會請你們學校加強對你的輔導，記過難免的啦，不過你也不必太在意，紀錄上只會寫行爲不檢，不可能寫在公共場所打手槍的啦。」藍焦陶警察顯得無精打采：「來，這裡簽個名。」

「打個手槍也有事，眞的很衰，這麼閒不會去抓姦喔。」

王國抱怨，隨便在筆錄後面簽了「幹你老師」四個字。

藍焦陶警察連看也不看就收回筆錄，沒好氣地說：「也眞夠煩的，要不是那對情侶打電話報案，我們沒事去抓你打手槍幹嘛啊？要是不受理，又要被民眾說我們吃案，他奶奶的，現在抓了你打手槍，又要被你說我們閒閒沒事幹。」

王國神色一下子變得很詭異。

「就是說我朋友不會有事囉？」我感覺有點可惜，又瞥了那醉女的乳溝一眼。

「哪可能完全都沒事，他奶奶的筆錄做都做了。」藍焦陶警察總算是發出正義之聲：「不想被起訴，就要眞的有病。」

「是有病啊。」我應道。

王國神色艱難，下巴放在桌上，臉上盜汗。

「喜歡在公共場所打手槍不見得有病，他奶奶的，別什麼都推給病，有病要有正式的證明！醫生開的證明！」藍焦陶警察啐了一口痰，將筆錄扔進抽屜裡。

看王國的臉揪成那個樣子，我嘆了口氣：「警察先生，你可不可以不要在句子裡亂加奶奶這兩個字，我的朋友會性衝動。」

說著，我將王國前面的桌子移開，只見王國尷尬地拉上褲子拉鍊。

這小子已經不是普通的膽大包天可以形容，完全就是喪心病狂。

藍焦陶警察愣了一下，難以置信地說：「看樣子好像眞的有病。」

「唉，年輕眞好啊。」

將一切看在眼裡，幾個等待夜間巡邏的警察大叔靠在大茶桌邊喝著藥酒，藥酒瓶裡泡了一隻狀態不明的巨屌，還有變色的陰毛漂在裡頭。

是我，打死不喝。

「年輕人終究是年輕人，眞懷念年輕時那段動不動就打手槍的日子啊。」

一個禿頭警察大叔微笑，爲自己跟同事斟了一大杯。

「是啊，現在好不容易勃起了，就想拿手機拍下來證明一下我還行呢！」

一個眼袋跟饅頭一樣大的警察大叔莞爾。

「沒錯沒錯，現在不小心翹起來了，還不趕快衝回家嫖老婆，哪裡還會想到要打手槍呢？太浪費啦！」

一個胖得跟相撲選手有拚的肥豬警察哈哈大笑。

「年輕不愧是揮霍精液的日子啊，哈哈，現在想起來眞是後悔啊，應該統統存起來保本才對啊！哈哈！」

一個看起來有老二跟沒老二差不多的老警察用力一拍桌子，震得那大罐藥酒差點翻倒。

「來，我敬大家一杯！」禿頭警察率先拿起酒杯。

大家一乾而淨，氣氛壯烈。

後來跟這些警察大叔混熟了我才知道，那罐藥酒裡泡的屌來頭不小。

在還沒泡到罐子裡之前，這屌是長在一個連續強姦犯身上，這個連續強姦犯強姦的不是女人，而是母狗，總共有一百多隻受害者身心受創。

這個連續強姦犯被幾個見義勇爲的遊民扭送過來後，整天在看守所裡大呼小叫，說什麼快拿條母狗來幹、就算是公狗也可以之類的很低級的話，超級白目，結果被幾個看不順眼的警察聯手打昏，用美工刀把他的老二切下來，這才鎭住了他。

「哇靠，爲什麼要喝這麼變態的屌泡的藥酒？」我傻眼。

「你小孩子不懂！越變態，就越猛啊！」警察大叔們又乾了一大杯。

我貼近那罐藥酒亂看，發現那東西上面還有一點點閃閃珠光。

不用說，是入珠。

說眞的我不是很了解把小鋼珠鑲在屌上爲什麼可以變強，不過比起在屌上鑲鋼珠，笑著喝這種屌泡出來的藥酒的人更白痴吧。

男人爲了能夠勃起眞的什麼怪東西都願意吃，眞可憐。

藍焦陶警察看著又開始打手機麻將的王國，嘆了口氣。

「他奶……咳，說句良心話，你朋友因爲這種事被起訴，人生也毀了，將來工作也不好找，我看你還是帶他去看心理醫生，或是泌尿科醫生，或者是……」藍焦陶警察面有難色。

「或者是什麼？」

「或者是這裡。」

藍焦陶警察從塑膠桌墊下抽出一張名片，拿給我。

名片上面寫著：「寂寞嗎？衝動嗎？讓純情女孩陪你度過漫漫長夜，快打專線找我，保證台灣妹喔！」然後是一組電話跟在後面，電話還用紅筆圈了兩圈作記號。

「哇賽，警察推薦這個，有點太超過了吧？」我的下巴都快掉了。

「啊！他奶奶的拿錯了！」藍焦陶警察呆了一下，將我手中名片抽回，換了一張給我：「這張才對，哈哈，哈哈。」

王國毫不猶豫立刻伸手拉開拉鍊，我用力拍了一下他的手。

我看著名片，喔，這張名片上面寫的東西就更不正常了……

別再聽信沒有根據的說法了，自慰無法有效排毒，禁槍更不等於戒槍，錯誤的性知識將造成您一生無法挽回的遺憾，要找回健康的青春，請交給我們最專業的團隊！

翻過去才是正面，寫著：

International Stop Fucking Yourself Association 國際戒槍協會

然後是簡要的地圖跟地址，當然還有一組電話。

「國際戒槍協會？這麼國際級的東西在彰化竟然也有分會？」

我感到有點光榮。

「戒槍？好酷喔！」王國露出羨慕的表情。

我永遠也搞不懂他是怎麼決定，要在什麼時候擺出什麼表情的。

「去這個地方報名參加戒槍療程，然後取得專業戒槍師的評估報告，對你朋友在被起訴時向法官提出有病的證明會相當有利吧……我猜的啦。」

藍焦陶警察認眞地說：「當然了，別只是做做表面工夫，既然去了，就眞的把打手槍戒掉吧，對身體對人生都有好處啊！」

「喔，明天我們就去看看吧。」我點點頭，將名片收好。

「那我今天回家再打兩槍，明天一定努力戒掉！」王國信誓旦旦。

差不多該走了，我又多看了一眼醉女的溝才戀戀不捨地揹起書包。

藍焦陶警察送我們出派出所，喊道：「對了，到戒槍協會的時候，要說是藍焦陶介紹的啊！說不定會有打折喔……我猜的啦。」

就這樣，我們總算誤打誤撞，找到了一絲曙光。

戒槍師紀香

1

這種事我們是不敢驚動哈棒老大的，但楊巔峰還叫得動，反正他也好奇戒槍協會是什麼洨，隔天放學後，楊巔峰就跟我們一起騎腳踏車到名片上的住址。

那是棟靠近市農會的辦公大樓，位於最高的一層，第十樓。

「話說回來，那種怪店該不會是黑道開的啊？」楊巔峰有點猶豫。

「可是這是警察推薦的耶，應該不至於吧。」我將腳踏車停好。

「拜託啦我快死了，昨天我跟我媽說的時候，她理都不理我。」王國哀嘆。

可進去辦公大樓後，一開始就有點不順利。

「電梯壞掉？」

楊巔峰呆了一下，看著電梯門口貼著「維修中」三個大字。

我們只好靠著雙腿慢慢走上去。

一開始還有點比賽誰比較快的意味，但到了第八樓，我們都喘到不行。

「眞累耶，搞屁啊。」我蹲下休息。

至於昨天狂打槍的王國，更是兩腿發軟，一句話不說就曬在樓梯階上。

都來到這裡了是怎樣，楊巔峰跟我一人拉一隻手，拖著放棄當人的王國上去。

十樓到了，我們都精神一振。

燈光充足，寫著「國際戒槍協會」的招牌造型典雅，是個像樣的地方。

叮咚。

電動門一打開，迎面撲來就是讓人信賴的清爽冷氣、跟櫃台小姐親切的鞠躬笑容，哇哇哇，跟氣氛萎靡的老金生診所完全兩回事啊。

「您好，歡迎來到國際戒槍協會彰化分會，歡迎，歡迎您。」

櫃台小姐穿著粉紅色的制服，年紀大約二十五歲左右，鞠躬的時候還禮貌地露了一下溝溝招待我們，眞是訓練有素。

我們三個人一時之間都不知道怎麼應對，有點難爲情。

終究還是楊巔峰見過世面，挺身而出。

「妳好，是這樣的，我的朋友疑似罹患了猛暴性手淫上癮症，需要緊急治療，請問要塡什麼表格，收費又是怎樣？」楊巔峰微笑靠在櫃台邊，散發出型男的假惺惺氣質。

一旁的王國彬彬有禮地點了點頭，算是認了。眞有臉。

「那麻煩這位先生先塡好這份表格，待會我們將安排專業的個人戒槍師供您諮詢，並擬定適合您個人的戒槍計畫，費用方面也會爲您詳細說明，請稍待。」櫃台小姐說，我注意到她竟穿著可愛的泡泡襪。

王國以他有限的字彙能力塡好表格後，我們就被安排到一間小房間等候。

房間裡掛了幾幅我看不懂的畫，擺了兩張大沙發，就像是電影裡病人看心理醫生的那種樣子，書櫃上都是醫療相關的書籍，一大堆都是用英文寫的，很有學問。

「看起來好像挺不錯的，有專業喔，看來王國是有救了。」

楊巔峰頗滿意，在房間裡走來走去，隨便翻了一下書。

我用拐子弄了王國一下，他毫不居功地笑了笑。

「不過就怕貴，這種地方裝潢可不便宜。」楊巔峰嘖嘖，用手指扯開百葉窗從縫隙中看出去，說：「如果這世界有一大堆人報名戒槍的話應該就會便宜，人多賺頭多嘛，不過我從來就沒聽過付費戒槍這種事，所以應該是走超高檔路線。王國，你要有心理準備。」

「啊？我好怕我付不出來喔。」王國苦惱。

「命比較重要，錢呢，你媽多盜幾個墓也就有辦法了。」我中肯。

楊巔峰倒是不置可否：「在老大底下這麼久了還不懂嗎？隨機應變啦。」

此時，高跟鞋的腳步聲停在門口，門打開，一個穿著醫生服的高挑女人走了進來，同樣帶著親切可掬的笑容——想必就是傳說中的戒槍師了。

楊巔峰跟我不由自主打直了身子，肅然坐好。

等等！

……不，不可能吧？

眼前這戒槍師未免也太辣了吧！幾乎就是日本女星藤原紀香的翻版！

海王類級的巨大胸部，幾乎要迸破小兩號的制服襯衫。

裙子短到再往上一公分，小褲褲就會一覽無遺。

那勻稱又光滑的大腿與小腿，美得讓人不由自主想伸手摸一把。

「……」王國倒是眞的伸手過去，被我機警地在半空中揮打攔截下來。

像極了藤原紀香的戒槍師抿嘴微笑，渾然天成的屁股坐在沙發上。

我完全可以聽見楊巔峰呼吸紊亂的聲音。

只見戒槍師看著王國剛剛填的表格，輕輕柔柔地說：「王同學應該就是你了。你好，我叫紀香，是你專屬的戒槍師，請多多指教。」

什麼？眞的叫紀香！

戒槍師紀香的聲音甜得快膩出汁來，勾死人了，伸出手來。

王國猛點頭，趕緊握住她的手。

「走得腿都軟了。」王國抱怨。

「各位同學有沒有注意到，本戒槍協會位於十樓？」戒槍師紀香笑問。

「是的，這就是本協會專業的地方喔，任何一個常常打手槍的人在爬了十樓之後，就會腿軟無力，在半小時之內無法胡思亂想、得以將精神專注在治療上，尤其實際體認到體力將因爲打手槍長期衰弱，就會更有接受治療的決心呢！」

戒槍師紀香說完，我們都熱烈給予掌聲。

一邊放著電腦投影片，戒槍師紀香開始正式的介紹：「本國際戒槍協會發源自紐西蘭，至今成立多年，歷代戒槍師研發出各式各樣嶄新的戒槍療程，幫助許多迷途羔羊找回原本的自信，戒掉亂打手槍的壞習慣。」

說著說著，投影片上就有許多羔羊在農場上精神奕奕地跑來跑去，發出朝氣蓬勃的咩咩叫聲，聽起來眞是超欠揍的。

紀香笑笑地附註：「成功戒槍的羔羊一天比一天強壯，每天都很努力吃草呢！紐西蘭因此將國民生產毛額提高了十七個百分點，成效卓著喔。」

我們不禁猛點頭。

「後來協會將戒槍技術推廣到人類身上，成績更爲突出，在全世界各地都有分會，只要持有我們的戒槍會員證，不管你旅行到全世界各地，都有專業的戒槍師可以在當地進行最嚴密的槍枝控管，維持療程的續航力。尤其在日本，我們更與SOD公司結爲姊妹會，租片還有打折喔！」

戒槍師紀香豎起大拇指，性感的唇蜜閃閃發亮。

「哇，這麼棒！」我呆了。

不過爲什麼是SOD？？

「眾所皆知，國際戒槍師執照非常難考，認證過程需通過三門專業學科筆試、與二十六項性感能力的考驗，至今擁有認證執照的戒槍師全球不到五百名，就連紀香我也考了三次才通過，眞的很不容易喔。總之，請王同學放心把自己快壞掉的小雞雞交給我，我一定會好好治療你的。」戒槍師紀香微笑。

我湊到楊巔峰耳朵旁，小聲：「喂，她剛剛說小雞雞耶。」

這三個字從美女的口中說出來，感覺超級色的啦！！！

楊巔峰嫌惡地看了我一眼，不理會我。好會裝。

「那麼，我們要開始囉，請王同學跟我一起說——我要戒槍！」紀香拍拍手。

「我要戒槍。」王國有點害羞，總算像個人。

「要更有決心一點喔！」紀香笑得很甜。

「我要戒槍，我要戒槍，我要戒槍。」王國說得超用力。

「很棒！來！給自己一點掌聲鼓勵鼓勵喔！」紀香拍拍手。

王國拍拍手，嘻嘻嘻嘻地笑。

「王同學，你平均一天打幾次手槍？」戒槍師紀香微笑。

說著說著，她竟然伸手往王國的嘴角摸去，摳了一顆沾了蛋黃的飯粒下來。

我們三個人都傻眼了，王國更是整張臉爆紅。

但還沒結束，戒槍師紀香很自然地將指甲上的飯粒送進嘴裡，細嚼慢嚥起來。

我們三個人的頭都歪掉了，王國更是整個人搖搖欲墜。

「對不起，失態了。」

戒槍師像是想起了什麼，羞赧地說：「我從小家境不好，父母告訴我要愛惜物力，不然以後就會下地獄被餓鬼輪姦，下地獄好可怕的，輪姦也好可怕，所以……所以剛剛我就自然而然把飯粒吃掉了，請問有造成你們的困擾嗎？」

王國第一個大叫：「不會！可是我可以轉過去打個手槍再轉回來嗎！」

楊巔峰一拳朝王國的褲襠揍落，喝斥：「不像話的東西！」

戒槍師紀香慌亂地阻止楊巔峰，說：「不可以這樣，我們這邊都是愛的教育，保護小雞雞都來不及了，怎麼可以打它？」

說完，竟然用「你怎麼那麼調皮」的表情，輕輕捏了楊巔峰的臉一下。

即使強者如楊巔峰，還是震驚得說不出話來。

看到這一幕，我當機立斷衝過去揍了王國下體一拳，大罵：「聽到了沒！」

王國倒下哀號。

戒槍師紀香嘆氣，伸手輕輕彈了我的耳垂一下，說：「哎呀，剛剛不是才說過的嗎？不行調皮喔。」

我好快樂啊！

我好想發瘋大叫啊！

這麼多年來總算遇到這麼好康的事啊！

楊巔峰跟我努力克制繼續毆打王國老二的衝動，將他扶了起來。

「剛剛說到哪了，對了王同學，請問你平均一天打幾次手槍？」

戒槍師紀香非常專業地回到治療的話題上。

「隨時都……都想打……」王國一邊按著被突襲的小雞雞，一邊害羞地說。

「那很嚴重喔，要治療喔。」

「好……好的。」

「那王同學平常都是受到哪些刺激，會讓你想要打手槍呢？」

「隨便……都可以。」

「那眞的很嚴重喔，要乖乖治療喔。」

「好的，沒問題……一切都交給紀香姊姊了。」

「根據宮本喜四郎先生主筆的《偷偷打，還是有打》一書裡提到，第一次打手槍的經驗會影響到一個人以後打手槍的感受，所以我們要請王同學你仔細回憶一下你第一次打手槍的過程。」

聽著這樣的大美女一直把打手槍三個字掛在嘴邊，我心裡有說不出的古怪。

老實說我太了解我的把妹實力了，這種美女我一輩子只能透過硬碟跟螢幕交往，不可能眞的把到。此時此刻，我竟然可以跟這樣的超級美女說說話，還被彈耳朵，還一直聽她講「打手槍」三個字，說有多感動就有多感動。

「好，好的……」王國囁嚅道：「可是我不知道該從何說起……」

戒槍師紀香也不生氣，溫柔地說：「你一定是太害羞了，這很正常，要在陌生人面前討論自己最私密的事本來就不容易，那……那就讓姊姊先分享一下自己的故事，你醞釀一下情緒喔。」

王國呆呆地點頭。

只聽戒槍師紀香開始說著自己小時候的點點滴滴，我們三人都聽得超專心，因爲既然要分享第一次的經驗，隨時都可能出現很色的事，錯過不如當場自殺。

但聽了快半小時，戒槍師紀香都在講一些五四三，例如考試作弊被抓到、最喜歡的卡通、下象棋老是輸、大學重考時最喜歡喝的飲料等等，完全沒有提到重點。

不過我們也沒生氣啦，因爲她的眼神好嫵媚，聲音好嫩，輕輕柔柔勾得我們全都硬了。

金庸小說《天龍八部》裡面，有一個老二超大的大英雄蕭峰，是個武學天才，不管是什麼平凡無奇的武功，只要到了他的手底，立刻都能發揮出好幾倍的威力，武林中人人都會使的太祖長拳，到了蕭峰的手中就變成了天下無敵的太祖長拳。

……我想我大概了解了。

任何無聊的雞毛小事到了紀香姊姊的嘴裡，自然都會變成超級色的甜蜜小事，這也是一樣的道理。我懷疑紀香姊姊跟我們聊三角函數，我們也會勃起啊！

突然，桌上的鬧鐘響了。

戒槍師紀香驚慌失措，不斷道歉：「眞的很抱歉，忘了提我們的收費是依照時間來計算，從我一進來，診療時間已經開始計算了，可是剛剛卻都是我在講話，犧牲了王同學的權益……我眞的太失職了。」

「哎呀，那種小事情不要掛在嘴邊。」我們三個人異口同聲。

海這個摩門特，戒槍師紀香打了個噴嚏，海王類的胸部突然進入二檔。一迸，原本就過緊的襯衫爆開，一顆釦子突然飛到了我的嘴裡。

我二話不說，吞了下去。

「對不起！」戒槍師紀香嬌喘一聲。

「沒關係！」我握拳大叫。

接下來，戒槍師紀香跟王國之間的訪談什麼的診療什麼的我完全不曉得在講三小，因爲她完全忘記自己的襯衫釦子剛剛被我吃掉一顆，露出的空隙可寬敞得很，奶子若隱若現，楊巔峰跟我都看得很入迷。

直到鬧鐘再度響了一次，我們才回過神來。

「那麼，今天的診療時間已經到囉，這是費用明細，希望王同學能夠再接再厲過來上課，把亂打手槍的毛病改善，人生才能重新開始，迎接光明燦爛的明天喔！」

戒槍師紀香將一張收費單交給王國，還捏捏他的鼻子當作獎勵。

「是，好的。」王國笑咪咪地收下。

「那王同學，你要不要買一本《偷偷打，還是有打》回去閱讀呢？原價兩百塊，我們這邊一本賣四百塊，因爲裡面還多了姊姊的愛心喔！」

戒槍師紀香從書架上拿了一本薄薄的、看起來沒什麼內容的書給王國。

「好啊。」王國想都沒想，還是笑咪咪地收下。

此時戒槍師紀香面有難色地看著楊巔峰跟我，說：「只是，下一次兩位同學就不能再陪王同學一起治療了喔，因爲公司規定只有病人才能進行治療，正常人連旁聽也是要一般收費呢，今天姊姊已經破例讓你們試聽了兩個小時，是因爲想灌輸兩位同學一些正常的性觀念，一起幫助王同學一天比一天更進步，可是從下次開始就要請王同學一個人來了……眞的很可惜，剛剛好我們正在舉辦三人同行兩人價的優惠呢。」

我跟楊巔峰聽得一愣一愣的，這根本就是詐騙集團的手法嘛！

什麼三人同行兩人價，別說楊巔峰了，就連我都不可能上當。

戒槍師紀香若無其事地嘟著她超誘人的嘴：「對了王同學，下一堂課是打手槍的實測診療，是大獲好評的經典課程呢。記得來之前十二個小時以內不可以打手槍，也不可以喝雞精，睡足八小時再過來喔！」

實測診療？我一定是張大嘴巴了。

就在這種關鍵時刻，楊巔峰竟然給我嘆氣。

只見楊巔峰幽幽說道：「對不起，我剛剛實在是太羞於承認了，其實……其實我也有打太多手槍的毛病，如果可以的話，我想當個堂堂正正不打手槍的人。」

「沒問題喔，我們的課程一定可以幫到你的。」紀香甜甜笑道。

我也慷慨赴義，舉手坦承：「我也有打，打很多！原本我的老二還直直擺在中間，但我一直用左手打，所以老二後來就整條偏左了！我的價值觀也從此偏離正軌！我恨！我恨我的老二整條偏左！」

「辛苦你了，下次讓姊姊幫你矯正你的人生觀喔。」

紀香用手指輕輕刺我的額頭，刺得我頭都暈了。

「對……對了我們是藍焦陶推薦來的，這樣有打折嗎？」王國期盼。

「啊？藍什麼？」戒槍師紀香有點困惑。

「沒事沒事。」我打了王國後腦一下，那三個字太猥褻了，算了。

「那麼，就請另外這兩位同學到櫃台填一下個人資料，下一次的診療就在後天，要記得我剛剛提醒過的事項……」

「知道了，十二個小時之內不要打手槍，也不可以喝雞精，睡足八小時以後再來。」楊巔峰風度翩翩地說。

就這樣，我們填好資料才戀戀不捨離開，戒槍師紀香還站在門口向我們揮別。

我的天啊，我眞的快瘋掉啦!!

2

一時也不想解散，我們去永樂夜市的木瓜牛乳大王吃冰，冷靜一下。

「王國剛剛這兩個小時總共付了一千兩百塊，還額外加了四百塊書錢，是不便宜，但也沒貴到嚇跑人的地步，我懷疑這是詐騙集團放長線釣大魚。」

楊巔峰皺眉，吃著歷久不衰的紅豆牛乳冰。

「好棒的詐騙集團。」

我克制不了自己說出這句垃圾話，吃著水果冰。

「我好想後天快點來喔，紀香姊姊真的好迷人喔。」

王國怪笑，喝著加了五顆雞蛋的月見冰，補充每天大量流失的營養。

「我超想摸她的奶！」我獰笑。

「我也是，嘻嘻！」王國也笑得好下賤。

「唉，雖然我這麼聰明，可是腦袋沒有老二重要，竟然跟你們這兩個笨蛋同流合污。」楊巔峰感嘆不已：「我看我去騙我媽說，我終於覺悟天才也有用功的必要

性，要去補習，污點補習費好了。」

「我已經有補了，還補了全科。」我早就想好了，反正補了也是白補：「我明天就去補習班辦理退費，能治療多少天，就治療多少天！」

「那、那我去盜賣我媽媽藏在廁所裡的外星人屍體好了。」王國下定決心。

「幹，你媽是怎樣啦！」楊巔峰跟我都吐了出來。

吃完冰，好像也無法眞正冷靜下來。

「唉。」楊巔峰嘆了一口氣。

「我們在想同一件事嗎？」我用叉子猛戳殘存的香瓜。

離開冰店，我們無奈地選了一條暗巷，互相把風，輪流進去打了一槍才解散。

年輕，眞好啊！

3

第二天，我們上課的時候都魂不守舍的。

楊巔峰顯然對清純可愛的謝佳芸暫時失去興趣，因爲我也對天眞活潑的塔塔失去慾念。前六堂課楊巔峰睡了四節，我睡了兩節，其中我們都醒著的兩節乾脆換了座位，狂聊昨天晚上做的那場春夢。

「眞想快一點到明天啊。」我無法忘記親眼確認海王類的感動。

「昨天回家後，我先是又打了一槍，再上網做了十幾份性向量表。我仔細研究過了，我的個性就是明明知道被騙，也勇往直前的那一型，簡單說我是絕對不會受騙，一切只是我自己太清楚能承受得住損失，在還是有更想要獲得的東西的情況下，兩相折衝後決定還是去幹了。」

楊巔峰用手指耍玩著原子筆。

「什麼是性慾量表啊？」我不解。後面那一串自我分析更是似懂非懂。

「是性向量表啦！算了不跟你解釋這麼困難的東西。」

楊巔峰爽快地跳開這個話題，跟我討論戒槍師的奶子，那個我比較懂。

林俊宏一直很在意楊巔峰，除了自修外，常常朝我們這邊看來。

據說心眼很小的林俊宏計算過了，如果他再得三次全校第一名，那麼就算一直維持在全校十名內的楊巔峰突然開始花時間讀書拿下剩下所有月考的第一名，也影響不了林俊宏想爭取第一順位推甄台大醫科的校內資格。

除了成績，好學生林俊宏也一直在研究楊巔峰能夠在哈棒老大手下安然生存的祕密，對他來說，這不是單憑聰明就可以辦到的。唉，光是林俊宏滿腦子只想推甄台大醫科的器量，就知道他這輩子別想贏過楊巔峰。

「喂，王國好像又在打手槍了。」

我注意到王國拿了外套蓋在大腿上，他媽的手伸了進去。

順著王國淫賤的視線，他又在看塔塔了。

「老實說，王國眞的是個奇葩。」楊巔峰嘆氣：「那方面我眞的輸給他。」

輸？

輸給王國？

「其實我也不是辦不到，也不是不敢，只是沒有那個必要吧？」我否認。

「是嗎？」楊巔峰罕見地想了想，認真說道：「是沒有那個必要在課堂上打手槍，不過說眞的，雖然沒必要，但主要還是因爲風險太大了，被發現就很丟臉。我還眞的不敢。」

「我敢，只是不想。」我再次強調。

「不，其實還是敢不敢的問題，想不想通常都是辦不到的人的藉口。」楊巔峰像是想通了什麼，又陷入了沉思：「沒想到我那麼聰明，那麼賤，竟然也有東西會輸給王國，還輸得那麼徹底。」

我被楊巔峰的自我反省嚇到了，也不敢再堅持說自己一定敢在上課打手槍。

說眞的這種事我連想都沒想過——話說回來，靠咧，正常人會想這個問題嗎？

「楊巔峰，你生平做過最瘋狂的事是什麼？」我突發奇想。

「太多了吧，跟在哈棒老大旁邊，不想做也得做一些瘋狂的事啊，就好比小學時還妄想捉碟仙那件事，又例如上次去ＰＵＢ看哈棒老大朝那個流氓手上插爆那支刀，整個就很有魄力。」

「還有呢？」我也陷入回憶。

「靠，前幾個禮拜我們跟校長還有他的兩個替身幹了一場，那也很瘋。」

「是沒錯，但那都是哈棒老大幹的吧，你自己幹的呢？」

「仔細想想，還眞的是想不大起來。」楊巔峰根本沒仔細想。

「對，我也是，要不是跟在哈棒老大身邊看了那麼多毀天滅地的風景，我根本就很普通。」我嘆氣，自己只是運氣太好。

「不，前一陣子你跟超醜的秀媚交往，對我來說這跟閉著眼睛飆車沒兩樣。」楊巔峰很認眞。

幹，我超不爽，但楊巔峰這樣講，我完全沒辦法反駁。

我太氣了，一個強大的惡念用狗趴式從後面硬上了我。

「至少我有一件事是贏你的，就是我也敢在上課打手槍。」我冷笑，外套蓋上，把拉鍊拉下：「而且我立刻就打！沒有哈棒老大我照樣可以辦到。」

「是喔。」楊巔峰冷笑回應，竟然也拉下拉鍊。

他轉了過去，跟勃起借了外套蓋在大腿上弄了起來。

於是我們開始打手槍。這眞是超乎我想像的對決狀態。

……楊巔峰耶！

那個自以爲是的、超臭屁的楊巔峰耶！

「你在想誰?謝佳芸嗎？」我壓低聲音。

「不要跟我說話，打你的槍。」楊巔峰沒有回頭。

「哈，我要想昨天那個大奶寶戒槍師。」我閉上眼睛。

「我叫你不要跟我說話啦！」楊巔峰的頭頂著桌子，不理我了。

過了十分鐘，楊巔峰好像快要成功了，還給我發出粗重的喘氣聲。

我有點著急，趕緊快轉我幻想裡的錄影帶畫面，手上弄得更快了。

卻見褲子穿得好好的楊巔峰瞬間站了起來，一把將我蓋在大腿上的外套抽走，大叫：「高賽!你在幹嘛!上課不要打手槍啦!」

全班同學立刻朝這邊看了過來。

腦中一片空白的我果斷拉上拉鍊。

不料那電光石火的一瞬間，拉鍊夾到了包皮，痛得我臉色慘白。

「啊啊啊啊啊啊啊啊啊啊啊啊！」我一陣悲鳴。

楊巔峰，你他媽的真的是狠角色。

拍賣外星人

1

到了下午最後一節課，原本教國文的吳老師硬上的英文課依然是精彩地亂教一通，但平常很愛跟吳老師互動加分的王國，現在只是下巴頂著桌子昏昏欲睡，讓吳老師有點寂寞。

「那個……這一段英文課文寫得太難，老師看得不是很懂，唉我能有什麼辦法？值日生站起來唸一下課文好了。」吳老師不知道在講什麼。

「老師！」勃起舉手。

「啊？」

「值日生在教室後面烤香腸。」勃起一臉正色。

「唉，我忘了。不過沒有關係，我們還是跟以前一樣，從中文翻譯開始看，理解了中文比較重要，畢竟外國人寫這些英文就是要讓我們知道他在想什麼，內在的意義比表面的說法更重要，如何吸收精華才是我們……嗯嗯，學習的重點。」吳老師無精打采地坐在講台後，說：「這一課呢，主要是在講美國有一個很厲害的黑鬼，叫金恩，他有一個夢，這個夢挺有意思的，就是說……」

今天的值日生輪到楊子見跟肥婆，他們兩個在教室中間負責烤香腸跟烤玉米，肥婆很不會烤，弄得煙很大，正在看ＮＢＡ轉播的哈棒老大似乎被熏得有點不爽，大半天的都沒說過一句話。

「那個，烤香腸的同學稍微注意一下……」吳老師咳嗽。

「啊？」楊子見抬起頭，眼角都是淚。

「我那條到底烤好了沒啊，我午餐特地只吃一個便當耶。」吳老師摸著肚子。

「老師你那條的編號是……是十七，現在輪到十五，快了快了。」肥婆說。

「唉，謝謝啦。」

吳老師看著參考書繼續他的中文翻譯，還頗認眞介紹了一下黑鬼金恩的生平。

只是時間過得好慢好慢啊……

漫長的無聊中，我一直很在意，今天堆在王國腳下的那一大包袋子是什麼鬼。

「喂！」我用吃完香腸的竹籤射向王國。

「幹嘛啦！」王國無奈轉頭。

「袋子裡裝的是什麼啊？」我捲起課本當成話筒。

「外星人啦。」王國也把課本捲起來跟我說話。

喔，原來是外星人啊，一定是王國他媽媽不知道從哪裡幹來的，眞是爆強的。

話說回來，王國幹了他媽幹的外星人到學校，一定是想偷偷變賣換鈔票，好湊出往後去戒槍協會治療打手槍的醫療費。眞的好好喔有這種媽媽。

下課鐘響，含著香腸的吳老師第一個衝出教室。

我走到王國旁邊，蹲下來打開那一大包袋子。

裡面躺了一個長得很像中年大叔的外星人，全身密密麻麻都是針孔，穿著很像地球人製造出來的短褲汗衫，還有很像地球人製造的藍白拖鞋。不用仔細聞，就可以嗅出這個中年大叔的身上還散發出疑似地球人製造出來的油漆味。

唯一跟地球不搭的地方是，這個外星人是綠色的。

但這個綠色好像又有點不對勁？

那個很重的油漆味，好像就是從這股可疑的綠色發出來的！

「這……這不是外星人吧？」我傻眼。

「不是嗎？可是他是綠色的耶。」王國天真爛漫地說。

「這……」我伸手想戳一戳，立刻被楊巔峰從後面拉住。

「別在那種東西上面留指紋。」楊巔峰嚴肅地說。

正好歐陽豪丟垃圾經過，拋下一句：「每件事都有它的代價。」

「對啦你說的都對啦！」我應道，將大袋子的拉鍊拉上。

八九不離十，這肯定是王國媽媽去街上收集回家的流浪漢屍體。

其餘的我拒絕再去多想。

「你打算賣給誰？」楊巔峰不明白。

「不知道，隔壁班那個外星人迷吧。」王國笑得很燦爛。

「你是說眭浩品喔？他不可能收下這個流浪漢的。」楊巔峰斷然說。

「放心，我會用特別便宜的價錢賣給他的。」王國很有自信。

「那是多少錢？」我好奇，外星人……不，流浪漢的屍體價值多少。

「……不知道耶。」王國有點不好意思地說。

眞是瘋了，把這種東西賣給眭浩品，萬一眭浩品跑去報警怎麼辦？如果眞的有萬一，那時候還得勞動哈棒老大去派出所打警察，這樣對懶惰的老大很過意不去，萬一老大出手太重打死了警察，又對無辜的警察先生很對不起。

「還是埋了吧？」我提議。

「你白痴啊，這種東西既然王國他媽賣得掉，就表示有市場，既然有市場就不能暴殄天物，賣得掉的東西，我們就一定要把它賣掉。」楊巓峰態度很強硬，看著王國說：「我們幫你賣，你要均分給我們。」

「我看還是埋在司令台前面的草地好了，快點動手的話，大家還可以一起吃晚飯。」我堅持要埋。

「你白痴啊，要埋的話還不如叫王國把屍體揹回家還給他媽媽，這樣至少他媽還可以賺到錢啊，他媽幹這種事很拿手了，反而不會出事。」楊巓峰說得我無法反駁。

一個小時後，都黃昏了，我們還是在討論該怎麼處理那個被漆成綠色的流浪漢，根本沒有結論。我有點想走了算了，反正王國就是那個死樣子。

只見一直在沙發上重看《七龍珠》的哈棒老大走了過來，臉色有點臭。

「老大，怎麼還不回家啊？」楊巔峰愣了一下。

「在等你們啊。」哈棒老大冷冷地說。

突然間，我們都哭了。

哈棒老大眞的很貼心，我還以爲我們不小心又欠他錢了所以他要收了再走。

「這什麼？」哈棒老大用腳踢了大袋子一下。

「王國偷他媽偷的流浪漢屍體。」楊巔峰饒舌地說，還邊擦眼淚。

「要幹嘛？」哈棒老大又用腳踢了大袋子一下。

我一邊流淚一邊蹲下去打開，讓老大看個清楚。

「我們想賣掉，但不知道可以賣給誰。」楊巔峰敲著王國的腦袋，嘆氣：「這個笨蛋沒想清楚就幹了。」

「哈哈。」王國靦腆不居功地笑著。

「這東西打算賣多少？」哈棒老大看著這個怪模怪樣的外星人屍體，表情一點也沒有變，說：「綠色的，不是地球人，是好貨。」

我們都很震驚老大的無……天眞無邪，不過誰也不敢說什麼。

「不知道，這東西的價錢實在是太難講了。」楊巔峰嘆氣，隨便附和：「不過應該可以隨便賣個一、兩萬吧？那麼遠從外星球來地球送死，眞的很不容易。」

哈棒老大點點頭，說：「叫畦浩品跟肥婆過來。」

「肥婆？」我呆了一下。

「三分鐘。」哈棒老大看著手錶。

我們當然機伶地衝了出去。

這時雖然已經放學了一陣子，但精誠中學的操場滿是輪流報隊挑籃球的學生，幾對情侶在司令台後面假裝打羽毛球掩飾調情，教室裡還有很多正在賭十三支的青年才俊。一堆人都沒回家就對了。

兩分鐘後，我在圖書館後面逮到正在爲一對高三學長姊算命的肥婆，滿地的七龍珠占卜牌跟撲克牌。肥婆每天都在幹這種事，不知道騙了多少人。

而楊巔峰在低年級教室，抓到正在爲無知學弟妹做巡迴演講「這些跟那些，通通都是外星人幹的！」的畦浩品，唬得學弟妹嘴巴張得好大，還繳了不少錢加入畦浩品個人成立的「外星人在地球協會」的會員，靠，精誠中學什麼人都有。

哈棒老大坐在講台上放空，手中抓提著那大袋子。

大袋子拉鍊沒關，那綠色外星人的頭半露了出來。

「肥婆。」哈棒老大看著肥婆。

「是的老大。」肥婆學還珠格格一樣膝蓋彎下，搖手請安。

「畦浩品。」哈棒老大看著畦浩品。

「我在這裡呢老大。」隔壁班的畦浩品雙膝跪下，用力磕頭，語氣忠烈。

哈棒老大滿意地點點頭，甩手將拉鍊拉開的大袋子朝兩人扔了過去。

只見那綠色的流……流浪到地球的外星人，就這樣從大袋子裡啪啪啪地滾了出來。

肥婆跟畦浩品都嚇得大叫起來，就連早就知道裡面裝了什麼的王國、楊巔峰跟我，也跟著嚇到跳到椅子上。正在看少女漫畫的謝佳芸才抬頭看了一眼，立刻就昏倒了。

「這個是……」肥婆驚魂不定。

「外星人。」哈棒老大面有得色。

「這難道不是……」畦浩品摀著嘴，好像有東西要從食道噴出。

「難道不是什麼？」哈棒老大有點不悅。

「沒……沒有，依照我看過那麼多外星人照片的經驗，這的的確確是外星人，而且應該是天馬星系那邊的銀河一帶……好震撼，這實在是太震撼了！」畦浩品一邊說，一邊眞的吐出來。

哈棒老大點點頭，看著這兩個被捉拿回教室的「靈異人士」，說：「我知道你們對外星人很有興趣，特地抓了賣給你們，高興嗎？」

兩人異口同聲說高興。

哈棒老大面無表情地說：「既然高興，就從三萬開始喊價，誰出最多，我就賣給誰。」

「三萬塊！」畦浩品大叫。

哈棒老大沒有瞪，只是把視線多停留在他的臉上一秒。

畦浩品馬上用中了頭彩的表情興奮大叫：「我眞的不敢相信啊！三萬塊太便宜

了啦！我出……我出三萬零一百！」

哈棒老大看向肥婆。

跟我們從小同班長大的肥婆倒很冷靜，從口袋裡拿出一個怪模怪樣的人形小木雕，說：「這個肯亞血靈木雕，靈力値通過國際ISO9000000認證，等同於七十二個3A級的厲鬼，價値至少五十萬，我現在當它四萬。」

說著，肥婆將那個爛木頭重重放在旁邊的桌上。

哈棒老大臉部的肌肉跟神經一條都沒動過，只是說：「妳過來。」

肥婆哪有那個膽子過去，果斷大叫：「我出三萬零一百一十元！」

「可惡！我出三萬零一百二十元！」畦浩品拍桌。

「太棘手了，我出三萬零一百二十三元！」肥婆惡狠狠地說。

「竟然有這種女人，我……我出三萬零一百二十七元！」畦浩品抱頭慘叫。

「好吧……我輸了。」肥婆咬牙切齒地說。

哇靠，才兩拳就ＫＯ，眞不愧是跟我們從小一起長大的肥婆啊！

畦浩品臉色發白，無法置信自己竟然這麼快就標到了屍體：「這……」

但哈棒老大對剛剛的過程很不高興，肥婆也一直不敢跟老大四目相接。氣氛凝滯。

「重新開始，從三萬起跳，喊價輸的那個要買回去。」哈棒老大狠狠地說。

也就是說，出價低的人，就要負責處理那頭屍體。

比任何人都早太多看出哈棒老大這個處理方式有很大破綻的楊巔峰，爲了防止老大進一步抓狂，此時趕緊站出來了，獻策：「老大，這樣喊來喊去價錢不會高的，不如請他們在紙上寫價錢，一次決勝負。」

「也好。」哈棒老大斜眼。

楊巔峰趕緊將兩張白紙交給倒楣的肥婆跟眭浩品，說：「快寫，限時十秒。」

肥婆跟眭浩品立刻振筆疾書，誠惶誠恐塡下數字。

只見十秒過後，楊巔峰迅速抽回那兩張白紙，唸出：「眭浩品，出價十萬。肥婆，出價五百億美金。所以本次外星人屍體就由眭浩品得標，大家掌聲鼓勵鼓勵。」

在我們熱烈的掌聲之中，眭浩品呆呆地看著二度擊倒他的肥婆。

「臭三八……妳還眞敢寫啊！」畦浩品的眼淚奪眶而出。

「價値五百億美金的東西被你用十萬塊買走，太便宜了，我上個月幫你算命說你這個月有大凶，叫你花五百元買我親自設計的消災解厄鉛筆盒，你就不聽，現在可好，恭喜你啦。」肥婆冷笑，眞不愧是肥婆。

話說畦浩品的爸爸是個考古學家、旅遊家、作家、古董鑑定家、別人眼中垃圾的收藏家，能夠身兼這麼多家肯定很有錢，十萬元應該是還好啦，何況畦浩品自己就跟白痴的學弟妹騙了不少錢，這次他栽在哈棒老大手裡，我可是一點也不替他肉痛。

「明天把錢帶來，一毛也不能少，那個外星人就讓你先帶回去用。」

哈棒老大跳下講台，滿意地拍拍畦浩品的腦袋，像是在摸一隻拉布拉多。

「是的老大……不過，這個外星人屍體有七天鑑賞期嗎？」畦浩品淚中帶笑。

哈棒老大什麼也沒說，只是在離開教室的時候順手把畦浩品丟進後面的垃圾桶。唉，畦浩品眞是多問的了，拿你在低年級那邊騙到的錢出來消災也就是了嘛。

這件事給了畦浩品很大的刺激。

後來眭浩品長大以後自己創了一個跟外星人有關的僞科學教派，搞得有聲有色，污了各國信徒一大筆錢，算是非常傑出的校友。

那又是另一個故事了。

老師最後的愛

1

第二天，依舊是渾渾噩噩地過。

我們都太期待晚上去戒槍協會玩「打手槍的實測診療」，導致每一刻都很難熬，就連烤香腸都提不起勁去值日生那裡登記。

「十二個小時……眞的是好辛苦啊。」王國滿身大汗，好像快撐不住了。

我向塔塔借了跳繩，跟楊巔峰聯手將王國的雙手反綁在椅子上，免得他一路狂打到晚上都不停，那還實測個屁。

中午吃飯的時候，兩眼無神的畦浩品拿了現金十萬元過來給哈棒老大，老大數了數，把三十張千元鈔票給了我們後，就直接從校門口離開去找樂子。

三萬耶！比我們預期可以獲利的兩萬還多了一萬。

我們很感動，原本以爲這次什麼都拿不到的，但老大就是老大，自有風範。

「畦浩品！」我追出教室。

「……」畦浩品勉強止步。

「後來你把外星人丟哪啊?」我好奇地攔住無精打采的畦浩品。

「賣給我爸。」畦浩品的身子有點搖搖欲墜。

「是喔!」我嚇了一大跳:「連那種東西你爸都收喔!」

「要你管。」畦浩品兩眼無神地飄走了。

不知道是真的假的,反正關我屁事。

「現在有戒槍的公費了,只要那個波霸詐騙集團不要獅子大開口,這三萬塊我們應該可以戒上好幾天。」楊巔峰將鈔票夾進國文課本收好。

「我覺得會不會多找一些人過去,可以更便宜啊?」王國辛苦地說。

「……這是你這輩子說出來最厲害的一句話了。」楊巔峰欣慰地拍拍他。

也是,人多的話一定還會有奇怪的折扣,這點完全值得考慮。

「只是,要找誰一起去啊?」我開始想,說:「勃起嗎?他有點白痴耶,還有陰陽眼這個毛病,我怕找他去會被紀香當成低能兒。」

「不過王國也去了啊。」楊巔峰敲敲王國的腦袋,王國不好意思地笑著。

是啦,比白痴,王國只有白痴。

「找歐陽豪吧，他很聰明，大概也比我聰明吧。」楊巔峰想了想：「如果到時候打手槍出了事只能跟你們兩個笨蛋商量，我可不敢想像。歐陽豪算是可靠的夥伴吧！」

只見正在唸書的林俊宏耳朵一震，「聰明」跟「比我聰明」這六個字被他的自動搜尋系統給輸入了。我可以感覺到林俊宏開始偷聽我們的討論。

不過說起歐陽豪……

「我不喜歡歐陽豪，他看起來超暢秋的。」我模仿著歐陽豪的口氣，冷淡地搖著左手食指說：「每件事——都有它的代價！」

楊巔峰聳聳肩，說：「好吧，是有點暢秋。那楊子見呢？他看起來很壯，如果打手槍打到一半，突然出現黑道要對我們不利，他可以出來擋幾刀。」

「是喔，可是他看起來很正經耶，會跟我們一起去上那種色色的課嗎？」

我坐在桌子上喝養樂多。

「楊子見是男人，只要是男人，就擋不了那種誘惑。」楊巔峰很有把握。

「找老大吧！如果老大也一起去的話，說不定我們可以統統免費！」

王國繼續他罕見的聰明。

「找老大雖然可以免費，但你覺得跟老大一起打手槍，不會皮皮挫嗎？」楊巔峰冷眼拒絕。

我想也是，絕對會軟屌。

不過……哈棒老大耶！

如果老大肯放下身分跟我們一起打手槍……那該是多酷的畫面啊！

此時漂亮的謝佳芸好奇地走過來，問：「你們在討論什麼啊？」

我有點尷尬，趕緊摀住王國的嘴，看著事主楊巔峰。

「我們在討論晚上要去國際戒槍中心上課，想辦法把我們常常打手槍的習慣給改掉。」楊巔峰嘻皮笑臉地說，捏捏謝佳芸的臉。

「神經。」丟下這兩個字，謝佳芸沒好氣走了。

「真敢講啊你。」我不能置信。

「反正這種事說了誰也不信，不如大方講出來。」楊巔峰得意地說：「到時候要是不小心被她知道了，我還可以很生氣地回嘴，說……『啊我不是跟妳說過了嗎！

我要去治療打手槍啊！』哈哈，誠實才是最上策啊！」

此時一直在偷聽的林俊宏終於雙手壓著桌子，下定決心似地站了起來。

林俊宏勉強著微笑走向我們，站直了身子。

這位好學生彬彬有禮地問：「請問各位同學，你們到底爲什麼想打手槍呢？」

王國跟我啞口無言。

這算什麼問題啊，人類不就是因爲打手槍才推動了世界文明嗎？

「因爲爽啊。」楊巔峰沒好氣地說。

「如果只是想追求爽，還有很多事更值得去做啊，比如去打打籃球、跑跑步，或者是爬爬山，只要多運動，腦下垂體就會分泌一種類似興奮劑功效的激素，產生你們所說的，爽，的感覺。」林俊宏推推眼鏡：「大家何不試試，用健康的運動，取代打手槍呢？」

「怎麼那麼多廢話啊？打籃球是打籃球，打手槍是打手槍，你有聽過有人打籃球打到一半射出來的嗎？」楊巔峰冷笑。

「射？」林俊宏搖搖頭：「這又更可笑了，打手槍這件事本身就很可疑，打手槍打到射精，就又更可笑了。人體每一個器官的設計都是有功能的，我們的生殖器被設計用來作兩種用途，第一種是尿尿，第二種是繁衍後代，尿尿我就不多說了，但既然生殖器作爲繁衍後代之用，其分泌的精液就得被射入女性的子宮裡才是正常且合理的途徑，如果你將精液透過打手槍射在衛生紙裡，不就完全違背了精液本身的功能性嗎？」

「哇，好像很有道理耶。」王國似懂非懂地附和。

「白痴。」楊巔峰竟也只能想出粗話反擊。

「如果你想知道爲什麼我們要打手槍，爲什麼你自己不打打看？」我不屑。

「如果一開始就知道一件事做起來沒好處，爲什麼還要做呢？」林俊宏不解。

肥婆走了過來，丟下一句：「人生本來就有很多事，是徒勞無功的啊。」

這句話還輪不到妳這個醜女來說啊！

2

晚上我們又來到了國際戒槍中心，只是成員多了一個楊子見，以及林俊宏。

楊子見說他今晚沒事，叫他來他便來。

好學生林俊宏秉持研究精神，決定要看一下我們的腦袋到底裝了什麼屎。

我們這次人比較多，所以暴乳的櫃台小姐將我們帶到ＶＩＰ的集體治療房裡，一個人給一包衛生紙，十分尊榮。

我注意到ＶＩＰ房高處掛著一張男人的照片，男人氣宇軒昂，相貌不凡，一副民族英雄的屌樣，問題是我們根本沒人認識他。

「這個豬頭是誰啊？」楊巔峰隨口問。

「他是第十七屆手槍神，有亞洲第一快手之稱的——佐藤信次郎先生。」櫃台小姐笑道。

「幹還有這種神喔？」我很訝異，真讓人肅然起敬。

「亞洲第一快手。」楊子見立正站好。

「是的，傳說佐藤信次郎先生只要一開始打手槍，十秒之內一定會射。」

「那不就是早洩之神嗎？」楊巔峰失笑。

「不，那是佐藤信次郎先生神不知鬼不覺幫別人打手槍的速度，有時候在當事人會意過來之前，就已經射了呢，這才是亞洲第一快手的實力喔。」櫃台小姐津津樂道。

我的天啊，竟然可以在當事人意識到之前，就將對方的老二打到噴汁，眞是令人爲之嚮往的境界啊！

眞不愧是手中之手！槍中之槍！神中之神！

除了林俊宏，王國、楊子見、楊巔峰跟我，都對著牆上的照片立正敬禮。

「即使曾經貴爲手槍之神，佐藤信次郎先生還是在本中心完成了戒槍的療程，成爲一個健康朝氣的男子漢喔！所以他也成爲了本中心最好的代言人呢。」

櫃台小姐將門帶上前不忘一笑：「請各位同學稍待，專屬於大家的戒槍師紀香小姐很快就過來了。」

「裝神弄鬼。」林俊宏嗤之以鼻。

門關上。

當門再度打開時，一股香氣跟著吹了進來，所有人都挺直了腰桿。

資優生當慣了當出毛病的林俊宏原本一臉不置可否，但一看到戒槍師紀香挺著胸前一對豪乳出現在教室裡的時候，他的臉瞬間漲紅起來。

紀香只是稍微對他笑了一下，林俊宏就慌亂地將視線移開。

原形畢露了吧，你這個虛偽的機歪資優生！

我們圍了一個半圓，戒槍師紀香就坐在我們中間。

「各位同學都繳了費，都好上進，所以今天的課程也要好好努力喔！」

紀香笑吟吟地說，將一個紅色時鐘放在桌上，按下計時。

「是！」我們異口同聲，林俊宏尤其喊得最大聲。

「報告長官！我的小雞雞已經石化了！」

王國馬上舉手，他的褲襠早已爆棚：「我！要！打！十！次！」

「好棒喔王同學。」紀香拍拍手：「很有精神喔！」

紀香拍手的時候，奶子也晃來晃去，看得我頭都暈了。

「今天的我，也會好好的努力。」楊巔峰握拳。

「我也是，我也會努力改掉壞習慣的！」我也興奮起來。

「第一次見面，請老師多多指教。」楊子見猛擦汗，完全被擊沉了。

林俊宏慢吞吞舉手。

「這位新同學，有什麼問題呢？」紀香。

「其實……其實我沒有打過手槍。」林俊宏紅著臉，仍有條不紊地解釋：「因為我覺得打手槍會無謂地消耗體力，更會白白耗損精神，集中力也會因此大幅下降，百害而無一利，所以我拒絕打手槍。」

「這位同學可能覺得沒有打過手槍很了不起，其實這是一種迷思喔。」

「迷思？」

「在很多時候，打手槍其實是一種高尚的行為喔！」紀香老師幽幽說道。

「高……高尚？」林俊宏的瞳孔放大。

「為了物種繁衍，人天生就有性交的慾望，但不一定我們產生慾望的時候，別人也跟我們一樣有性交的衝動，所以這中間存在著很多矛盾與衝突喔。」

「喔？」林俊宏微微皺眉。

「根據考古學家多年的研究發現，雄性的原始人想要與雌性的原始人性交，他們會拿大棒子直接將雌性原始人敲昏，然後拖到山洞裡強暴，這是一種對雌性原始人很不尊重的行爲喔！」紀香嘟著嘴，搖搖頭。

原來還有這種研究啊！我眞是大開眼界。

「後來在演化的路上，爲了使用器具，原始人的手部變得越來越靈活，於是雌性原始人學會編織，雄性原始人也在無意間學會了打手槍，所以喔，從第一個不小心打手槍打到射的雄性原始人開始，他們終於學會自行排解性交的慾望，據說被棒子打昏拖進山洞強暴的雌性原始人受害者大幅降低了八成呢！」

「八成！」林俊宏驚呼。

「所以有一度在原始人的社會結構裡，雄性原始人公開打手槍，就是在展示自己可以自行控制慾望的一種社會化表現，有學者專家說啊，雄性原始人學會打手槍，很可能是人類首次產生道德觀的演化大突破呢！」

「這……」林俊宏迷惑起來。

「我就知道打手槍是對的！」王國又驚又喜。

我也差一點感動到哭了出來，我從沒想過打手槍的背後原來意義深遠。

我彷彿看到一個Discovery等級的畫面。

一個雄性原始人剛剛打獵完，躺在剛剛烤好的長毛象旁邊，他開始無聊地用手玩弄著又粗又黑的老二，心裡想著，等一下要敲昏哪一個雌性原始人進山洞強制繁衍呢？忽然之間，老二抽動起來，白濁的精液噴了他滿手都是。這個雄性原始人呆呆地看著滿手的精液，火紅的夕陽餘暉將精液照耀得閃閃發光，雄性原始人莫名其妙打消了襲擊雌性原始人的計畫，取而代之的，是本能地呼呼大睡。

這個畫面，就是男人第一次學會「道德」的歷史瞬間啊！

「沒錯！學到了比動物本能還要重要的事，就是道德啊！」楊巔峰驚呼。

「是的楊同學，放眼大自然，只有最棒的靈長類會打手槍喔，這不是巧合，而是演化的一大創舉喔！也就是因爲原始的人類學會了打手槍，擁有了道德觀，所以現在的人類才能成爲萬物之靈，其他動物都辦不到呢！」

紀香舉臂歡呼的時候，奶子大大震了一下。

這一震，在場所有的老二都硬了。

平時無血無淚的楊巔峰，在他的臉頰上流落了兩道閃閃發亮的鹹水。

「教練……我想打手槍！」楊巔峰跪下，泣不成聲。

紀香老師給了楊巔峰一個充滿奶香的擁抱。

「所以林俊宏，你其實是一個演化不完全的低級禽獸。」

楊巔峰一轉頭，冷冷地看著林俊宏隆起的褲襠說：「比起我們懂得用打手槍控制慾望，你根本就是一個潛在的預謀強暴犯。」

「不是這樣的！不是……不是這樣的！」

林俊宏慌亂得連話都說不清楚，但褲襠間超硬的老二不容他辯解。

「你當然是禽獸，正當你想侵犯紀香老師的時候，我們何嘗不是呢？但我們選擇高尚的打手槍排解慾望，而你，卻在尋找敲昏紀香老師的那根棒子！」我補上一刀。

紀香老師用迷濛的眼神看著我，甜笑：「謝謝你，高同學，謝謝你願意爲了老師打手槍。」

我太感動了，我從來沒想過有一天會因為打手槍被人感謝！

「老師！我馬上就要打手槍！」王國立刻將褲子脫下。

「我也是！」我當仁不讓解開褲子：「而且我要高尚地看著老師打！」

「那還用說嗎？」楊巔峰瀟灑地掏出他的傢伙：「RIGHT NOW！」

「加我一個，我也是一個懂得尊重女性的翩翩君子。」楊子見熱血沸騰地脫下褲子。

這下可好，楊子見彈出的老二嚇壞了所有人，因為他的老二根本就是從Kobe Bryant的胯下直接動手術切接過來的程度啊！

「這位楊同學，你的陰莖十分地巨大，差不多有老師一個半手掌大喔，俗話說，一寸長一寸強，寸金難買寸光陰，你一定要好好珍惜這麼難買的好陰莖喔。」紀香老師立刻用手指實際量了一下楊子見的老二。

「是的老師。」楊子見不知道自己的視線該往哪擺。

紀香老師低下頭，仔細地端詳。

突然，紀香老師抬起頭來：「你有沒有為它取一個名字呢？」

這！

這是什麼問題！

「沒……沒有。」楊子見整個人都僵硬起來。

「那老師有這個榮幸幫它取一個名字嗎？」紀香老師咬著手指。

「好……好啊。」楊子見的臉紅得發燒，老二卻很老實地向上聳立。

「嗯啊，嗯，那，那老師可以叫它小壞壞嗎？」紀香老師認眞地說。

「好……小壞壞很好。」楊子見感動得快射了。

紀香老師以超近的距離，對著楊子見剛剛被命名的老二說話：「小壞壞要專心上課喔。」

豈止專心，小壞壞精神得很，簡直快噴射脫離楊子見的胯下。

楊巔峰、我以及王國的老二，在楊子見那畸形大的老二旁邊相形見絀，但紀香老師有教無類，還是一一指點我們的老二。

「楊巔峰同學，你有替你的陰莖取名字嗎？」紀香老師看著楊巔峰的小老二。

「當然了老師，我的老二叫Dr. Very Long。」楊巔峰神氣回應。

「雖然並沒有眞的Very Long，但有夢想是一件很棒的事呢！」紀香老師笑了。

「謝謝老師。」楊巔峰羞澀地點頭。

輪到我了，我大方地展開我的兩腿，讓紀香老師看個夠。

「高賽同學，你的陰莖有點歪。」紀香老師的表情有點擔心。

「是的老師。」我大聲回應。

「歪成這樣，會影響走路嗎？」

「不會的老師，我的平衡感並沒有因爲老二歪掉受影響。」

「那實在是太好了，但如果繼續歪下去，要記得去看醫生喔。」

「謝謝老師，謝謝！」

我眞的快哭了，這種內容的對話我一輩子都想不到會出現在我生命裡。

紀香老師撇頭看著王國的老二。

「王國同學，你的包皮太長囉，洗澡的時候你有記得要將包皮掀開來洗嗎？」

「報告老師！沒有！」

「不掀開來洗的話，你的陰莖會好臭好臭喔，那可不行，你答應老師，從今天開始包皮要掀開來洗，好嗎？」紀香老師作勢捏了一下鼻子，好可愛喔。

「是的老師！」

「打勾勾。」紀香老師甜笑，露了一下小溝溝。

於是王國就伸手打了一下紀香老師的乳溝，害紀香老師噗哧笑了出來。

幹，這個白痴總是可以將那種智障又低級的行爲做得非常自然！

只剩下林俊宏了，一向以好學生自詡的他被大家狠狠盯著。

紀香老師哀怨地看著林俊宏。

「林同學，你願意爲了老師打手槍嗎？」

「老師別誤會！我……我……我其實也是個道德感很重的人啊！」

林俊宏手忙腳亂地脫下了褲子，以極不熟練的手勢握住了他細小卻堅挺的老二：「只要我願意……我也是會打手槍的！」

「林同學，你的陰莖很細喔。」紀香老師瞇起眼睛。

「是……因爲……因爲夠用就好……」

「也小小的喔。」

「嗯……是……因爲夠用就可以了……」

「有些東西夠用是不錯，但，也有些東西跟錢一樣，越多越好喔！」

「那怎麼辦！」王國在一旁亂入大叫。

紀香老師溫柔地握住林俊宏的手，說：「林同學，菲仕蘭的乳牛從早到晚都聽交響樂，乳汁的產量比完全不聽音樂的乳牛要多百分之五十喔，你知道爲什麼嗎？」

「爲……爲什麼？」林俊宏的臉完全燒紅。

「是因爲愛，跟信任。」紀香老師堅定地說。

「老師……菲仕蘭是奶粉的牌子，我想妳說的，應該是紐西蘭？」

林俊宏支支吾吾地糾正。

紀香老師點點頭，卻又搖搖頭：「菲仕蘭是菲仕蘭，紐西蘭是紐西蘭，但只要你敞開心胸，菲仕蘭也可以是紐西蘭，而紐西蘭當然也可以是菲仕蘭喔！林同學，你要放開心胸才能眞正接納自己認知之外的世界，你要對自己的陰莖有愛，有期待，才能讓它對你產生信任感喔，如果你自己都畫地自限，認爲你的陰莖只要能拿來尿尿跟繁殖就可以了，大小不重要，那麼它就一直都會細細小小的，這樣對你的陰莖公平嗎？」

「啊？這……我從來沒想過……」

別說他沒想過，我想我們這裡沒人想過。

紀香老師孜孜不倦：「每一個人出生在這個世界上，都無法選擇自己的父母，雖然無法選擇，但我們還是希望自己的父母可以好好地照顧我們，給我們最好的成長環境，不是嗎？如果你的父母只供你到義務教育國中畢業後，就覺得這樣可以了，可以在社會上立足了，對你公平嗎？你滿足嗎？」

「這……國中畢業也太……」林俊宏慌張地說：「太沒競爭力了吧？」

「同樣喔，每一條陰莖誕生在這個世界上，也沒辦法選擇自己的主人，雖然無法選擇，但每一條陰莖都希望自己的主人可以好好保養它們，使用它們，給它們最好的營養跟活動機會，甚至是幫它們做增長手術增加它們的自信，有些主人甚至還會幫它們的陰莖打扮，入珠，或刺青彩繪等等，就是一種後天的陰莖栽培術喔。」

「太感人啦！」我大叫。

「好痛啊！」楊子見大叫。

「林同學，你打算將來生幾個小孩？」紀香老師突然岔題。

「兩個。」

「科學上來說，你的陰莖只要射兩次精液，就可以生兩個小孩。」

「但……好像有一點不大對……」林俊宏陷入混亂：「機率……」

「所以如果你只打算射出兩次就不再將陰莖使用在繁殖之外的用途上的話，你的性伴侶會很可憐喔，你只顧著將基因繁衍下去，卻沒有照顧到性伴侶的感受，如此一來你只將性伴侶當作沒有性愛慾望的活動子宮，這是一種很不尊重女性的大男人主義思想喔，但我觀察到林同學，你絕對不是一個這麼自私的人對嗎？」

「沒錯！我不是！」林俊宏斷然否認。

「相對地，如果你認爲你的陰莖只是一條普通的小陰莖，大小隨便，只要可以尿尿跟繁殖就好，一點也不顧及到陰莖自身的榮譽感，你就是一個不負責任的主人喔林同學。」

「我不是！」林俊宏繼續否認到底。

「爲了當一個好主人，你應該常常對著自己的陰莖說話，鼓勵它、愛它。」

「要說什麼呢？」林俊宏看著紀香老師，又看著陰莖。

「林同學，你的陰莖陪了你十多年，你對它無話可說嗎？」紀香老師嘆氣。

「完全不是！我有太多話想講了！其實我……我私下常常對它說話啊！」

林俊宏非常激動，馬上看著自己的老二說道：「我愛你！我太愛你了！雖然你很細又很小，但我從來沒有放棄過你，因爲你也沒有放棄過我！這十幾年來不管颳風下雨，只要我想尿尿，你一定會跟著跟到底，我都看在眼裡，你知道嗎？身爲一個……」

林俊宏拚命地對著胯下說話，我們都看呆了。

我們一點也無法想像，像林俊宏這種自以爲是的模範生，會智障到對著自己的老二講話，講著講著，漸漸有種演講的感覺，而他的老二聽得一頭霧水，搖來搖去。

「謝謝你，林同學，你的改變不僅感動了你的陰莖，也讓老師很感動喔。」紀香老師欣慰不已：「今天就是你跟你的陰莖重新建立關係的重生日，眞替你們高興。」

「是……謝謝老師。」林俊宏的老二害羞地發抖著。

「恭喜恭喜。」楊巔峰拜伏。

「恭喜你加入我們的行列。」我只好如此承認。

「改天我們也讓大家的陰莖聊天一下嘛！」王國興沖沖提議。

紀香老師笑得花枝亂顫，奶子一陣瞎晃：「那麼我們就開始今天的課程囉，請你們看著老師打手槍吧。」

「好！」

我們齊聲開打，瘋狂套弄老二，集中意念看著坐在中心的紀香老師。

雖然我們很高尚地打著手槍，但我想我們的潛意識裡正在競爭，比賽著等一下看看誰可以射到紀香老師的身上吧？

就連從未打過手槍的林俊宏都打得超凶暴，資優生當太久，連第一次打手槍都展現出奪冠的逼人氣勢。

時間飛逝。

就像女孩子在一起久了，月經會同時來到一樣，一群男生一起打手槍，想射的時間點也極度接近，每個人的表情都極度猙獰。

「啊啊啊啊啊啊啊……」

「呼哈呼哈……呼哈呼哈……」

「咿咿咿咿咿咿咿咿……哼哼……」

「吼！吼吼吼吼吼吼吼吼！」

「歐拉歐拉歐拉歐拉歐拉歐拉！！！」

逼近！

逼近！

正當我們即將激射出的那一個摩門特……紀香老師按下了手中的按鈕。

等等，按鈕？

一時間大量的冷水從天花板落下，將我們全身淋濕，原本進行中的高速槍擊動作，在那一瞬間急速冰凍——大家瞬間軟屌。

我們兀自還在誇張地喘氣，面面相覷。

「雖然打手槍是一件高尚的行爲，但不要忘記各位同學到這裡的目的喔。」紀香老師笑咪咪地跟大家一起淋成落湯雞：「水能載舟，亦能覆舟，過度打手槍有好多害處呢，所以我們現在最重要的，就是快快戒掉打手槍的習慣喔。」

我們面面相覷，手中抓著軟軟的、龜頭兀自涎著黏液的小老二。

「這就叫突然驚嚇法，藉由突如其來的驚嚇，強制中斷大家打手槍的行爲，這是很有效而且非常高尚的治療法喔！」紀香老師溫柔地解釋。

明白了。

我們當然都明白了。

雖然大家都被自動灑水系統嚇到射不出來，但看到全身淋濕超性感的紀香老師，一切都值得了。

反正，只要我們將眼前這一幕烙印在腦海深處，回家想打幾次就打幾次啊！

3

就這樣，我們在國際戒槍中心展開了一連串專業的療程。

每天上學，我們就想著紀香老師的媚態狂打手槍。

放學鐘響，就是戰鬥時刻。

我們五個人圍著紀香老師掏老二，對著她進行腕力特訓。

「林俊宏，你總算知道打手槍有多爽了吧？」我拍拍好學生林俊宏的肩膀。

「不要亂講……」林俊宏拚命否認：「我只是秉持研究的精神罷了。」

眞是愛吃又愛嫌。

紀香老師眞不愧是戒槍界的專家，每當我們快射出來的時候，她就會按下手中的按鈕，讓人措手不及的突發狀況立即出現，摧毀我們的射出。

有一次教室忽然燈光全滅，手電筒的燈光從紀香老師的下巴往上射，像女鬼一樣把我們嚇到縮陽入腹。

有一次我們快射出來的時候，掛在牆壁上的喇叭忽然爆出巨大的女鬼尖叫聲，嚇得我們將精液往回射、強迫膀胱做垃圾回收。

最多時候都是教室的門忽然打開，莫名其妙的突發狀況震懾到我們。

有時門外的人忽然朝裡面丟剛剛點燃的鞭炮……事後我們得自己掃地。

有時門外的人會拿著大水管朝我們的身上噴水……當然事後也是我們拖地。

有時門外會突然衝進好幾隻不斷鬼叫的狗……狗大便當然也是我們來撿來擦。

有一次教室門打開，出現的是一個正好要進來換燈泡的水電工……

「啊？」我傻眼，我的老二也傻眼了。

在場所有的老二都傻眼了。

「借一張椅子。」

水電工皺眉，逕自拉了一張椅子踩上去換燈泡。

當然了，就在水電工專注換燈泡的時候，我們每個人都因恥辱感軟掉了老二。

「這個驚嚇療程對各位同學真的很有幫助喔，反覆幾次就能夠在大家的心裡製造出不可抹滅的陰影，讓你一個人偷偷打手槍的時候心中不安，疑神疑鬼，這樣就無法專心打手槍，漸漸戒掉這個壞習慣了喔。」

紀香老師輕輕彈了一下我的鼻頭，笑罵：「知道了嗎，你們這些小壞蛋！」

害我又硬了。

專業眞的有道理，每一次紀香老師都精準確實地阻止了我們的射精，讓我們學習到人生眞的有很多事情是徒勞無功的。

但紀香老師越是想抓準時機，身爲男人，尊嚴上就越不想被她掌握我們發射的時間點，每一次我們都想搶在紀香老師按下手中神祕按鈕之前就射出來——而且射在她的身上。

前幾天，正當我們看著紀香老師狂打手槍的時候，教室門忽然被踢開，衝進一個黑社會模樣的中年男子，那男子手裡拿著一把西瓜刀朝著空氣一陣亂叫：「欠債還錢啊！欠債……」

我們全都傻眼了。

「吳老師？你……你在幹嘛？」

智商最高的楊巔峰第一個恢復語言功能。

「……」那一個打扮成黑社會模樣的中年男子，的的確確就是吳老師。

他本人看起來也受到很大的驚嚇，但吳老師不愧是吳老師，他迅速回復神智。

「賺點外快嘛哈哈哈，我哪有什麼辦法？」吳老師靦腆地說，毫不居功。

我們都軟了，只有王國一個人眼神迷濛地看著吳老師繼續打，真的很不可思議，楊巔峰趕緊一腳朝他的老二猛踹下去才阻止王國意淫吳老師。

「他媽的不要讓我夢到這一幕！」楊巔峰喘著氣。

這個驚嚇療程真的是非常專業，我們沒有一次真的射出來。

但這個療程有個很嚴重的副作用，那就是我們一離開農會水利大樓後，第一件事就是到附近的暗巷裡，想著紀香老師打手槍。

回家也打，睡覺前也打，早上睡醒也打。

有時候在學校也會趁午間靜息時打一打。

總之，狂打。

4

我們狂打手槍，哈棒老大都看在眼底，但他完全不想理會。

「老大，你難道都不會想打手槍嗎？」有一天我忍不住問老大。

「會啊。」哈棒老大從口袋裡拿出好大一把槍。

「嗯，老大的手槍好屌。」我傻笑。

賽咧，這把還不是上次幹掉飆車族那一把，我眞不想知道槍怎麼來的。我想還是不要請哈棒老大跟我們去上課比較好。

今天下午午休，我們這群手槍同好一起爬到頂樓天台打今天第三次的手槍，連好學生林俊宏都有份。

我瞥眼看見大家的陰莖，哇靠眞是慘，幾乎都呈現出絕望的黑色，這是瘀青的顏色，可見我們毫不節制的下場。

儘管打到老二瘀青，我們還是一起幻想著紀香老師直到全身抽搐，但最後流出龜頭的精液已經不是用噴的了，而是用滴的，而且還是慢慢地滴。

「楊巔峰，你的精液很稀啊，我覺得你應該活不過三十歲。」楊子見打冷顫。

「說我？你根本就是在射水。」楊巔峰面有難射。

「我們這樣繼續打下去，是不是會死啊？」我頭很暈。

「反正總有一天都要死，不是嗎？」王國傻笑：「嘻嘻……哈哈……」

「我……我跟你們不一樣，只要我想，我隨時都可以停止……」林俊宏說歸說，卻腿軟到幾乎站不起來。

話說，今天晚上是最後一堂結業式，我們明顯都戒不了打手槍，卻完全不想離開紀香老師的乳香。

只要可以近距離看著紀香老師打手槍，就算沒辦法當場射，我們也願意爲此繼續繳錢。

「唉我眞的不想畢業，我還想再看到紀香老師。」楊子見第一個說出眞心話。

「我總覺得，只要我們願意繳錢，他們就一定會讓我們上課吧？」我很理性地分

析：「開補習班的，沒道理把錢往外推啊？」

「得想個辦法，說服國際戒槍中心讓我們繼續上課。」楊巔峰拉上拉鍊：「最保險的方式就是不要畢業，我們今天一定要克服最後的驚嚇，對著紀香老師狂射！」

就這麼決定，今天不管遇到野狗還是潑水還是鞭炮還是吳老師，一定要，射！

我們絕對不能就這麼畢業！

5

終於到了關鍵時刻。

高懸在牆上的亞洲第一快手佐藤信次郎先生，正睥睨著我們微笑。

最後一堂課開始前，性感的紀香老師照往例坐在我們之間，穿著比前幾堂課都還要暴露許多的白色暴乳賽車裝，只要稍微深呼吸，那對奶子一定會瞬間撐破那緊到不行的衣服。

或許是因爲最後一堂課，紀香老師的臉上除了該有的嫵媚，還多了一點淡淡的哀愁。

「各位同學，今天是最後一堂課。」紀香老師神色黯然。

「……」我們的眼眶都噙著淚水。

「相信過了今晚，大家一定可以完全戒掉打手槍的壞習慣。」

紀香老師努力保持鎮定，但眉宇間流露出對我們的不捨：「希望各位同學在領到戒槍證書後，能夠以這張證書爲榮，在你們不知不覺又喪失自制力的時候，只要想起這張得來不易的證書，想起……我們這一段時間的努力，大家一定可以燃起不打手槍的鬥志。」

紀香老師的手上，拿著一疊即將頒發給我們的證書。

每一張標註了「International Stop Fucking Yourself Association 國際戒槍協會」的證書底下，都有一串專屬於我們自己的會員編號，還黏著一張黃色的塑膠卡片。

據說只要拿著這一張經過認證的ISFYA會員卡，在全世界各地旅行時遇到非常想打手槍的危險情況時，都可以得到世界各地的國際戒槍中心既尊榮又免費的治療協助——可以說，這將是一張在我有限的常識裡最沒什麼屁用的會員卡。

爲了這區區一張廢物等級的會員卡，要放棄看我可愛的紀香老師打手槍？

「我不要畢業！」

王國第一時間崩潰：「我要打我要打我要打我要打我要打！」

「老師！我不想離開妳啊！」

我哭了，每一顆眼淚都是眞心眞意。

「我眞的好想再看著老師打手槍……」

楊子見虎目含淚。

「我還有好多東西還沒向老師學習啊。」

驕傲的楊巔峰仰起脖子，努力不讓淚流下來。

「身為一個好學生，想學習更高深的戒槍技術也是很合乎邏輯的啊。」

林俊宏也很激動，這個梗爛到不行了他還是不厭其煩地用。

大家都哭了。

但大家也都將老二老老實實掏出來了。

紀香老師欣慰地看著大家嚴重瘀青的陰莖，點點頭：「結業式的最後這一槍，各位同學一定要打得轟轟烈烈，一定要打得沒有遺憾，打得驕傲，打得抬頭挺胸。大家都準備好了嗎？」

林俊宏一鳥當先，撇出他的小老二：「我準備好了。」

我也不甘示弱，亮出我的好傢伙：「我準備好了。」

楊巔峰豪邁地張開大腿，自信道：「我準備好了。」

王國一邊哭一邊捏出他的小老二：「我準備好了。」

楊子見奮力抽出他的大香腸：「我也，準備好了。」

我們都準備好了。

準備好不管遇到什麼突發狀況，都要狂射在紀香老師身上。

「開始！」

滿臉通紅的紀香老師一抿嘴，我們立即開打。

回想起這一段瘋狂打手槍的青春，回想起這一段大家都去補陳建宏化學跟劉毅英文但我們卻跑來戒槍補習班打手槍的青蔥歲月，此時此刻的我們，正用最熱血、也是最誠實的方式向青春致敬——就在我們共同的性感女神面前。

肯定是想回應我們對青春的熱情，紀香老師罕見地、慢慢地褪去了絲襪，那一雙高挑細瘦的美腿像藝術品般展現在我們眼前。

我們先是一愣，立刻就加快了手速。

紀香老師褪去絲襪後，竟又默默褪去了賽車制服上衣，露出快包不住那一對豪乳的白色內衣。絕美的景象，已經呼之欲出。

我快瘋了，大家都快瘋了！

今晚我們是立志一定要打出來沒錯，但可沒料想到紀香老師會在結業式裡友情大加碼，助我們一臂之力！

「謝謝老師！」王國感動地大叫。

但紀香老師只是微微一笑，並沒有停止她的手。

內衣被紀香老師反手解開，蹦地一聲，兩顆雪白的大奶子就這麼彈出！

「啊啊啊啊啊啊啊啊啊啊！」我怪叫。

「廬！山！昇！龍！霸！」楊子見也怪叫。

場面已經失控，我們的慾望也燃燒到最極致，隨時都會有人直接把老二打到血肉炸裂。

但我知道事情並沒有因此結束，因為紀香老師已經站起來了！

我們的女神，赤裸著上身站起來了！

粉紅色的乳暈，晃得我們幾乎招架不住，手腕發抖。

而紀香老師的手兀自未停，正解開賽車制服的緊身裙！

「幹！」楊子見手中的大蟒蛇迅速爆出青筋。

「不是吧！」一向冷靜的楊巔峰也忍不住大叫。

「我……我……」林俊宏的眼鏡甚至裂開來了。

隨著紀香老師優雅地褪去她裙子的那一刻，上億條精蟲正以全速往龜頭衝去！裙子輕輕掉在地上。

沒有穿內褲的紀香老師羞澀握住他的老二，咬著嬌紅的小嘴唇看著我們。是的是的是的你沒看錯，紀香老師正握著一條粗黑的大老二看著我們打手槍！

這一槍，打得我們五雷轟頂。

我們體內的上億條精蟲，在與雄糾糾氣昂昂的紀香老師四目相接的一瞬間，來不及衝出龜頭，就在輸精管內自體爆炸，一灘灘精屍逆向射回膀胱，將膀胱射得千瘡百孔。

這不只是一場精蟲的大屠殺，也是一場精神上極不道德的大屠殺。

紀香老師趁著我們五個人的意識一片空白之際，好整以暇地對著我們打了一次手槍，最後還示威式地甩著「他」粗黑的大陰莖，轟轟轟射在我們低垂的老二上。

「你們這些低級的小老二，好好接受老師的愛吧！哈哈哈哈哈！」

一邊蠻橫地朝我們射精，紀香老師的聲嗓一邊變成了士官長的粗魯腔調。臭得要命的精液黏呼呼地沾在陰毛上，讓我們難以整理。

我是如何離開國際戒槍中心的，我毫無記憶。

我是怎麼回家的，我也沒有半點印象。

只記得我呆呆地站在浴室裡用蓮蓬頭沖老二的時候，手裡還拿著一張戒槍成功的結業證書。那眞是一張貨眞價實的結業證書，比我的國小畢業證書還要實至名歸。

後來別說打手槍了，我的老二有好長一段時間都軟軟的。

偶爾，我會莫名其妙地在教室後面烤香腸時哭了出來。

偶爾，楊巔峰會突然在唱國歌的時候像個娘們兒一樣哭泣。

偶爾，林俊宏寫考卷寫到一半時會突然流下男兒淚。

偶爾，楊子見在掃地的時候會跪下來大哭。

偶爾，王國在問我們爲什麼哭的時候，弱智的他也會忽然爆出眼淚。

無論如何，那都是無論如何。

我們五個人再沒討論過紀香老師筋肉糾結的粗黑老二。

夏天過了，秋天來了。

等我的老二再度硬起來的時候，那又是另一個故事了。

《哈棒傳奇之繼續哈棒》完

特別收錄

宮本喜四郎 V.S. 九把刀
幕後對談紀實

編輯：今天很開心邀請到國際知名作家兼評論家宮本喜四郎先生，跟台灣作家九把刀進行一場簡單的幕後對談，對談的主題正是九把刀創作的「哈棒傳奇」系列，我們有請宮本喜四郎老師（鼓掌）。

宮本喜四郎：首先恭喜九把刀繼七年前的「哈棒傳奇」後，又完成了「哈棒傳奇2之繼續哈棒」，非常罕見有作家會突然爲這麼多年前寫的故事再添續集，這份眞摯的情感，可見九把刀對這個系列的情有獨鍾。

九把刀：因爲是哈棒。

宮本喜四郎：首先我想這樣開始，我認爲呢，九把刀的哈棒傳奇，是一種小說題材的自我解構，將大家習以爲常的、對故事進行的基本認識完全顚覆，是一種極有目的性的亂寫。小孩天眞無邪又善良，美女需要被保護，老師需要被尊重，動物需要被憐惜——這些通通不算數。某種意義來說，「哈棒傳奇」的寫作方式，是一種不顧一般故事起承轉合、也不考慮讀者期待的破壞性寫作，反而最需要對一般故事進行的節奏極熟悉、對讀者期待最能掌握的人，才有辦法進行的專家級破壞。

九把刀：（剛睡醒）……嗯對！完全是這樣！

宮本喜四郎：比如說在第一篇故事「未來式美女」中，原本因拿錯手機而即將開展的戀情，卻被哈棒老大自己親手破壞，他殘忍地痛揍了美女一頓，毫無人性，完全不是英雄本色，而這個「對女色沒興趣」的設定也讓哈棒自此與大部分的故事主角全然不同。

九把刀：哈棒想打誰就打誰啊。

宮本喜四郎：某種意義上來說，這也是一種純眞。

九把刀：……是嗎？

宮本喜四郎：哈棒這個角色是絕對的存在，他當然不是一個好人，但哈棒也絕對不是一個壞人，精確地說，哈棒是一個超級強者，是非善惡的價值觀在他身上一點也不起作用，他掌握的暴力，是一種純粹到極致的力量，純粹到完全可以用純眞兩字來形容。

九把刀：那很好啊。

宮本喜四郎：不過暴力畢竟是暴力，九把刀先生，「哈棒傳奇」的主要場景發生在校園，在哈棒不斷施展暴力威壓同學的情節一多，你會不會有作品充滿校園霸凌陰影的憂慮呢？

九把刀：是喔？那我會好好反省，嚴正改進。

宮本喜四郎：九把刀先生謙虛了。就我個人的意見，我認為這中間反而產生了很有趣的現象。比如說王國這個角色，他疑似智障……

九把刀：不是疑似，王國就是一個智障。

宮本喜四郎：是的，王國身為一個智障，而且還有低能的嫌疑……

九把刀：不是嫌疑，王國他就是一個低能兒。

宮本喜四郎：是的，百分之百王國他就是一個智障低能兒，而這樣的角色常常在各式各樣的作品中、甚至是現實世界裡，都不斷被一般人狠狠欺負，但是在「哈棒傳奇」的世界裡，他雖然還是被欺負被糟蹋被恥笑被陷害，不過，有哪一個角色在「哈棒傳奇」裡不是同樣扮演著「被欺負者」呢？就連校長、老師、教官看到哈棒都要鞠躬問好！所以，所有人都無差別臣服在哈棒淫威的窘境下，王國的被欺負，其實並不特別凸顯。在那種充斥牛鬼蛇神的班上，王國他卻因爲認眞上課，反而變成了吳老師心中努力上進的資優生，所以「哈棒傳奇」這部作品，還有著很濃烈的勵志作用！

九把刀：我想那是吳老師自己有毛病啦哈哈哈哈！

宮本喜四郎：甚至！王國還是哈棒軍團裡的核心成員，可以說，哈棒也有宅心仁厚的一面，接納了一個低能兒到他的麾下，而哈棒的脾氣那麼暴躁失控，王國從小到大待在哈棒身邊那麼久，卻沒有完全死掉，更足見哈棒給予這個低能兒相當特殊的待遇。

九把刀：這麼說也對啦，說起來，像林俊宏那個道貌岸然的好學生，骨子裡卻很看不起王國，另一方面，楊巔峰雖然很機歪又卑鄙無恥，可是他把王國當自己人對待，雖然楊巔峰也常常胡亂欺負王國就是了哈哈哈。

宮本喜四郎：哈哈哈的確沒錯，所以與其「哈棒傳奇」充滿了校園霸凌的陰影，不如說哈棒不管走到哪裡，哪裡就充滿了哈棒的暴力威脅，就像「酸內褲」一篇中，哈棒到了交通大學，交通大學就自動變成了哈棒的轄區，而未來哈棒要是到了職場，職場的階級倫理也會應聲破裂，不管多麼有制度的大公司都會變成哈棒的皇宮吧。

九把刀：嗯啊，說到職場，未來哪一天我忽然開始寫「哈棒傳奇3之還是哈棒」，我會寫一寫哈棒他們長大之後的故事，而那些梗我早就埋在「哈棒傳奇」裡面了，比如「肚蟲的早餐店」中高賽去找肚蟲，就是爲了要一起參加長大之後的同學會，那些長大版本的故事我反而沒有來得及在這次的哈棒續集裡寫清楚，其實哈棒未來的職業我早就想好了，眞的是只有他才辦得到。

宮本喜四郎：非常期待！可以先少少透露一部分嗎？

九把刀：當然是不行。

宮本喜四郎：那……哈棒長大後的職業肯定還是跟純粹的暴力有關的吧？

九把刀：當然，因爲他是哈棒。

宮本喜四郎：說回這次的故事，在這一本哈棒續集裡，也充滿了這種暴力的純眞。比起大人養蠶是爲了取絲，或者老師向學生推銷養蠶是爲了向廠商收回扣，不是爲了奴役動物就是爲了金錢利益，在哈棒故事裡的小孩反而很單純，養蠶是爲了讓同學不小心把蠶偷偷放在同學的位子上，讓同學坐在屁股上爆炸哈哈大笑，是最單純的惡作劇，表面上極盡殘忍，底蘊卻是天眞無邪的。

九把刀：幹小孩常常很恐怖！

宮本喜四郎：是的，小孩往往很恐怖，就這一點來說，我很欽佩九把刀表面上是在寫小孩很恐怖，實際上卻偷偷鞭笞大人的齷齪與噁心，就好比在「不包機的校長」章節裡，看似一堆小屁孩藐視制度、藐視倫理、藐視大人，用哈棒的暴力向校長施壓要去非洲抓獅子，但校長的反應卻完全暴露出權力背後的邪惡本質！

九把刀：我承認獅子滿可憐的。

宮本喜四郎：小孩想玩是完全可以理解的，而哈棒身爲一個「想幹嘛就幹嘛」的超級霸王，忽然要去捉獅子也是可以理解的。哈棒想抓獅子做什麼呢？單純是爲了好玩，酷，炫，而不是去交換未來更大的利益，但校長從以前還不是一個校長的時候，他所做的每一件事都是爲了讓他可以步步高昇，用更多的利益交換更高的職位，再用更高的職位交換更高的利益，以此類推，校長在故事裡就是你眼中的「大人世界」的折射。要對付這種「大人世界」，唯有靠哈棒「絕對的暴力」去打破！

九把刀：哈哈哈哈哈……（心虛地看向遠方）

宮本喜四郎：其實這種無視大人世界裡最重視的「倫理、金錢、權力之三位一體」的特色，在故事裡反覆不斷出現，這正是哈棒傳奇裡的主要精神吧！

九把刀：哈哈哈哈哈……完全是這樣！別小看我了！

宮本喜四郎：不過九把刀也不是單純對「倫理、金錢、權力」這大人世界的三位一體盡情攻擊，也不是這麼簡單啊，比方說，在幾乎所有關於學校的章節裡對「老師」的描述，清一色都是「老師上課一邊吃涼麵」、「老師不認眞備課」、「老師跟同學一起到酒吧玩樂」、「老師只顧全自身利益」的內容，看似抹黑踐踏老師此一神聖職業，然而……

九把刀：啊啊啊啊啊啊其實我哪敢討厭老師啊！老師最棒了！老師最神了！

宮本喜四郎：是的，九把刀絕對不是討厭老師那麼簡單的層次。在「戒槍師紀香」與「老師最後的愛」等章節裡，九把刀寫了很多學生無限景仰老師的情節，顯而易見，九把刀並不是對老師這一職業有著絕對性的仇恨，只要老師眞心眞意對學生好，爲學生付出，學生還是會非常喜愛老師的，甚至到了言聽計從的地步。但讓我驚訝的是，九把刀將這種「學生喜愛老師」的環境設定在一般常規學校系統之外，是在需要被檢討的「補習制度」之內，有一種非主流的叛逆精神，令人讚揚。

九把刀：我很喜歡紀香老師，她的身上散發著一股眞正的教育精神。

宮本喜四郎：說到大人世界裡的三位一體「倫理、金錢、權力」，其中「倫理」正是「哈棒傳奇」主要顚覆的對象，這是出於什麼樣的理由呢？

九把刀：……

宮本喜四郎：請問這是出於……什麼樣的理由呢？

九把刀：這之間的涵意太深太深太深了，跟藤原紀香的乳溝一樣深！

宮本喜四郎：我也很喜歡藤原紀香的乳溝，那就請容我用紀香乳溝同好者的身分，試著從「哈棒傳奇」文本裡的脈絡去猜測看看吧！我覺得在這「倫理、金錢、權力」三位一體裡，金錢向來有著負面的精神意義，而權力也往往爲人所詬病，只有倫理這一項，打從孔子的《論語》倡導「君臣、父子、兄弟、夫妻、朋友」等五倫開始就是華人世界裡最牢不可破的行爲典範，講究「倫理」更是人與人相處最不可違逆的依循，一開始肯定對社會造成了好的影響，但幾千年下來，「倫理」時常變成了一種有利於統治階級的「道德形式」，是的，是一種形式，一種流於表面的樣子！所以在教室裡如果學生公然質疑教官處罰學生的方式是錯的，學生代表在立法院質疑教育部長是僞善，不管是非黑白，只要學生的態度激烈，就構成了「以下犯上」，是非黑白就會在那瞬間變成很次要的問題，倫理就會一躍而上，將爭議點偷天換日，變成「忤逆」、「脫序」、「目無尊長」，於是也就沒有人會關心更重要的「是非黑白」。

九把刀：（玩手機）差不多是這樣了。

宮本喜四郎：倫常之所以那麼重要，正因爲倫常是保護統治階級最重要的基礎，下面的人非得要尊敬上面的人，只因爲上面的人需要這一份「被尊敬」，他們才能繼續掌控因爲階級差異才能取得的利益。久而久之，下面的人當然會不滿，可是當有一天他們慢慢往上爬，變成上面的人的時候，他們也不會因爲以往的不滿而做出「是非黑白比倫理還重要」的改革，因爲他們已經變成了在上面的人，現在如果不仰賴這種階級差異去豪取利益的話，豈不是太笨了呢？以前的容忍豈不白費了嗎？所以這是一種永恆的共犯結構。倫理乍看之下是一種高度道德化的行爲準繩，但是在現實社會裡，倫理已經扭曲成一種「抑制叛逆與反改革」的代名詞，它恰恰是取得金錢與權力的基礎工具。

九把刀：……沒錯！完全正確！這剛剛好正是「哈棒傳奇」想要表達的意義啊！

宮本喜四郎：是的，藉由哈棒那一群人藐視倫理的種種行爲，去打破傳統意義上的階級概念，特別具有破壞性！光是他們常常在課堂上烤香腸這件事，就荒謬得很有顚覆性，而故事裡的吳老師不僅允許他們在教室裡烤香腸，還會跟著一起吃，更意味著階級意識的翻轉。

九把刀：（看向遠方）完全是這樣沒錯，一切都在我非常超級的布局裡。

宮本喜四郎：說到吳老師，吳老師身爲一個老師，在「哈棒傳奇」裡特有的反倫理架構下，應該被極度貶抑，更何況吳老師在教學上完全不合格，人格上也毫無令人恭維之處，但他卻是故事裡少有受到學生尊敬的老師之一，學生甚至願意帶教學品質低落的吳老師去pub一同玩耍，對當今的教育現狀，特別有諷刺性。

九把刀：不好意思，吳老師其實不姓吳，姓王。

宮本喜四郎：是是是……是王老師。

九把刀：你剛剛提到諷刺性，是的，諷刺性對小說來說的確是非常重要。

宮本喜四郎：但是有一點我始終想不通的是，爲什麼美華同學要養蟯蟲呢？你想藉著一個小學生養蟯蟲固然很低調，但這種不健康的低調，是象徵了什麼呢？這又是什麼樣的諷刺性呢？

九把刀：我覺得養蟯蟲很智障。

宮本喜四郎：養蟯蟲很智障……（深思）

九把刀：然後一不小心養成蛔蟲更智障哈哈哈哈哈哈哈！

宮本喜四郎：（恍然大悟）是這樣沒錯啊哈哈哈哈哈哈！

九把刀：下一個問題。

宮本喜四郎：我注意到一個現象，林俊宏這個角色非常特殊，他從「恐怖的作文課」初登場，就以一個資優生、好學生、模範生的感覺進入故事，他很聰明，又肯努力用功，但是在「哈棒傳奇」的世界裡，林俊宏這樣的正面角色完全被踐踏，這是根本意義上的反智，而且反學歷主義，某種程度來說，也是反虛偽的。

九把刀：比起林俊宏，我喜歡楊巔峰多很多。

宮本喜四郎：是的，同樣都是高智商的角色設定，楊巔峰似乎提早覺悟到，要在這個社會上生存，光靠成績好是沒有用的，最主要還是臨機應變，他毫不掩飾自己狡詐的個性，甚至還敢在「養小鬼」章節裡提名哈棒老大當萬年值日生，可見他不僅擅長靠小聰明生存，還了解到必要時候還是得用生命冒險的硬道理。

九把刀：是啊，即使有高智商，但楊巔峰懶得用他的高智商裝扮成一個高道德的人，但其實他是可以輕易做到的。

宮本喜四郎：但不管是林俊宏還是楊巔峰，這兩種典型的高智商角色，在「老師最後的愛」章節裡，同樣拜服在紀香老師的大奶下，這種筆法極為寫實深刻，顯現出在眞實世界裡，多少英雄豪傑不論在沙場上多威風多霸氣，一碰見了美女，都得英雄氣短。

九把刀：每天都要過得很色，這正是我的座右銘。

宮本喜四郎：身爲一個讀完九把刀所有作品的專業評論家，我可以請問九把刀一個問題嗎？

九把刀：好啊隨便啊。

宮本喜四郎：在小說「臥底」裡面，女主角叫謝佳芸，但是在「哈棒傳奇」裡面，最常出現的女生角色也叫謝佳芸，請問這種重名的設計是爲什麼？還是這兩個角色其實是同一個人？

九把刀：不是同一個人啦！其實是因爲我當年在讀民生國小六年四班的時候，班上最漂亮的女生就叫謝佳芸，大家都很喜歡她。所以我一直覺得漂亮的女生就應該取名叫謝佳芸哈哈哈哈！

宮本喜四郎：我眞是太感動了！這種因個人癖好隨意重複角色名稱的作法，也是一種不計較讀者思考混亂、也不顧慮讀者疑惑的作法，也是一種身為創作者的純眞。

九把刀：很多我的國小同學都在Facebook臉書上相遇了，唯獨謝佳芸遲遲沒有出現，希望她某一天看到這個訪談記錄後，可以用本名上一下臉書，大家都很想她。

宮本喜四郎：說到謝佳芸這個角色，她身爲班上最漂亮的女生，在一般的小說設計裡，她一定會備受大家呵護，接受所有男生的疼愛，最低程度至少會是一個美麗的花瓶。但在「哈棒傳奇」裡，謝佳芸完全脫離了花瓶的設計，她在「釣水鬼」篇裡被無情地扔下海，沒有人替她說話，展現出同儕相處時一遇到眞正的危機，大家完全藐視美色的眞實本色。

九把刀：男生就是賤啊！

宮本喜四郎：而在「謝佳芸的奶子」篇裡，謝佳芸更是史無前例地賭上自己的奶子，而全班男生包括她的男友都無人站在她那邊爲她加油打氣，最後導致謝佳芸輸掉了自己嬌羞的奶子，這種極盡不憐香惜玉的設計，是否是爲了向讀者傳達：「美色無用，擁有實力更重要！」的正面訊息呢？

九把刀：我也想看謝佳芸露奶子啊！

宮本喜四郎：身爲忠實讀者，我也想見識一下謝佳芸的奶子！

（兩人握手，訪談在溫馨的氣氛下結束）

國家圖書館出版品預行編目資料

哈棒傳奇之繼續哈棒／ 九把刀(Giddens) 作.
——初版.——台北市：蓋亞文化，2013.07
面； 公分. ——(九把刀・小說；GS013)

ISBN 978-986-319-053-0 (平裝)

857.83 102009480

九把刀・小說 GS013

哈棒傳奇之繼續哈棒

作者／九把刀（Giddens）
插畫／Blaze Wu
封面設計／克里斯
出版／蓋亞文化有限公司
地址◎台北市103赤峰街41巷7號1樓
電話◎（02）25585438 傳真◎（02）25585439
部落格◎gaeabooks.pixnet.net/blog
服務信箱◎gaea@gaeabooks.com.tw
投稿信箱◎editor@gaeabooks.com.tw
郵撥帳號◎19769541 戶名：蓋亞文化有限公司
法律顧問／十方法律事務所
總經銷／聯合發行股份有限公司
地址◎新北市新店區寶橋路二三五巷六弄六號二樓
電話◎（02）29178022 傳真◎（02）29156275
港澳地區／一代匯集
電話◎（852）27838102 傳真◎（852）23960050
地址◎九龍旺角塘尾道64號龍駒企業大廈10樓B&D室
初版一刷／2013年07月
定價／新台幣 260 元
Printed in Taiwan

ISBN／978-986-319-053-0

GS013
GAEA

哈棒傳奇之繼續哈棒
Ha Bang, my Boss 2

蓋亞文化　讀者迴響

感謝您在茫茫書海中選擇了蓋亞，您的支持是我們最大的動力。
不要缺席喔，讓我們一起乘著夢想的羽翼，穿越時空遨遊天地！

姓名： 性別：□男 □女 出生日期： 年 月 日
聯絡電話： 手機：
學歷：□小學□國中□高中□大學□研究所 職業：
E-mail： （請正確填寫）
通訊地址：□□□
本書購自： 縣市 書店
何處得知本書消息：□逛書店□親友推薦□DM廣告□網路□雜誌報導
是否購買過蓋亞其他書籍：□是，書名： □否，首次購買
購買本書的動機是：□封面很吸引人□書名取得很讚□喜歡作者□價格便宜□其他
是否參加過蓋亞所舉辦的活動： □有，參加過 場 □無，因爲
喜歡出版社製作什麼樣的贈品： □書卡□文具用品□衣服□作者簽名□海報□無所謂□其他：
您對本書的意見： ◎內容／□滿意 □尚可 □待改進 ◎編輯／□滿意 □尚可 □待改進 ◎封面設計／□ 滿意□尚可 □待改進 ◎定價／□滿意 □尚可 □待改進
推薦好友，讓他們一起分享出版訊息，享有購書優惠 1.姓名： e-mail： 2.姓名： e-mail：
其他建議：

◎請沿虛線剪開、對摺、裝訂後寄出

◎請沿虛線剪開、對摺、裝訂後寄出

廣告回信 郵資免付
台北郵局登記證
台北廣字第675號